12賢者と語る

生きる。

石黒和義

財界研究所

12賢者に語る

生きる。

石黒和義

財界研究所

12

目次

第4章 吉岡幸雄（染織史家）
自然への畏敬を染め抜いて 89

第5章 相原茂（中国語学者）
中国語は理解への広い門 109

第6章 酒井雄哉（天台宗大阿闍梨・總一和尚）
今日の自分は今日で終わり、
明日はまた新しい自分 129

第7章 ワダエミ（衣装デザイナー）
過去をなぞるようになったら、
そのときは仕事をやめるとき 151

第8章 佐藤勝彦（宇宙物理学者）
「私たちはどこからきて、
どこへいくのか」を問い続けて 169

第9章
フンメン・オン（ＩＢＭゼネラル・ビジネス部門副社長）
異文化交流で大切なのは、
オープンな心と謙虚さ
191

第10章
西水美恵子（元世界銀行副総裁）
本物のリーダーは燃える情熱に根ざす
211

第11章
中川健（公益財団法人　がん研有明病院　名誉院長）
多様化するガン治療、
総合的な治療によってガン克服を助ける
231

第12章
塚原光男（ＪＯＣ理事・ロンドンオリンピック日本選手団総監督）
体操の世界を変えた新技「月面宙返り」
255

対談を終えて
278

「生きる」について考える

石黒和義

和らぐ好奇心のその先は

●宇宙のこと、生命のこと

好奇心のおもむくままに、いろいろな方々と語り合った。初めて聞く話の数々は、それぞれが輝かしく、認識のおぼつかない暗い地平を照らし出した。そして小さな発見に心は躍り、時としてたぎる心に涼風を呼び、安らいだこともあった。好奇心は尽きない泉。好奇心の流れ行くその先には、果てしない世界が広がっていた。

宇宙創成、それは、ものごとすべての根源である。人も、獣も、草木虫魚も、山河大海も、大気も、地球上のすべてが、そして天空の星々も、星雲も、あらゆるものごとが、ここにはじまる。今、この世にあるものはすべて、１３７億年の時空に組み込まれ、これを超えるものは何ひとつない。その宇宙も、不確かな暗黒物質と暗黒エネルギーが大半を占めているという。明らかなことはわずかでしかない。

生命体としての人間。その、あまりの神秘さを前にして、私たちはぼう然と立ちつくす。60兆個の細胞とそこにある遺伝子に、膨大な情報量の生命設計図が組み込まれており、人の一生はそこに書き込まれたことしか起こりえないという。人間の理解の限界を超えたところで、世の中は初めから仕組まれている。目を見張る大発見も大発明も、裏を返せば、単に人間が狭い世界に生きているだけで、知らなかったことが明るみに出されただけだ。自分がいかにも大偉業をやり遂げたような気でいる、いわゆる成功者といわれている経営者や科学者、あるいは政治家たちは、あらかじめ定められたシナリオを辿っただけなのではないか。

宇宙のこと、生命のことを体系的に理解することは、途轍もなく困難で、いくら追いかけても謎に満ち、私たちにとって無限に続く課題としか思えない。自然科学は、千年を超える宗教との葛藤の中から立ち上がり、パラダイム・シフトを遂げて、すべてを解明できるという希望を私たちに抱かせた。しかしそんな自然科学でさえ、やがて『ラプラスの悪魔』の過ちをおかす。謙虚に真理を求める姿勢を置き去りにしがちな人間は、わずかばかりの知見に過ぎない思索を、声高に、あたかも万人にとって普遍的な理論として押し付けることさえある。そして、私たち人間は、特定の考えを盲信し、森羅万象への畏怖と尊厳を忘れ、愚かにも狭い了見を正義の剣と信じて振りかざし、殺戮を繰り返してきた。体系化された組織をもつ宗教ほど他宗教への排他性が強く、生物の免疫性のように、非自己に厳しく寛容さを欠いているから、始末におえない。

私たち人間は、かくも傲慢に愚かな行動に走るけれども、一方では悲しみを抱いて生きている。それもまた人間なのだ。この悲しみはどこからくるのだろうか。何の屈託もない、歓喜の中にあってさえ、心の奥底にメメント・モリは流れ続けている。その喜びが大きければ大きいほど、いつまでもその幸せが続くことを祈り、終わりが来ることを恐れる。でも、終わることのない幸せはない。その先には必ず別れがあり、悲しみの向こうに、死すべき存在として生きる人間の姿がある。それは、何とちっぽけなものなのか。

『山川草木悉皆成仏』への祈りを唱えながら、千日回峰行にその身を捧げ、生死の境をさまよう。比叡山の1300年の歴史の中で、2度の満行は3人しかいない。そのお一人が、現代の「生き仏」と崇められる大阿闍梨である。気負いなく語られる言葉は「一日が一生」、「ムダなことなどひとつもない」と平易でわかりやすく、よくよく心に沁みる。足ることを知らずに成長神話がいつまでも続くと、いたずらに旗をふるだけの経営者の心には、この言葉は響かないだろう。思わず聞き漏らしてしまうほどに、根源的で正鵠を射ている。

死を見つめて生きる

物質としての肉体は、寿命が尽きれば霧消する。そして、そのあとはただ「無」があるだけだと、潔くいい切る人もいる。しかし、死は突然やってくるのではない。人間の身体は、3年もすれば60％を占める水はもちろんのこと、細胞もあらかた入れ替わるといわれている。とすれば、人間の身体はもともと生と死が混在しており、ことさら、生死に境界を設けることにあまり意味はない。むしろ、物質としての肉体に継続性がないのに、なぜ心の連続性が保たれるのかという、「公案」のような疑問がわいてくる。

子どものころに、死んだあとのことを考えて眠れなくなったことがある。当時は、死後の生について、わかりやすく話してくれる人もいなかった。キューブラー・ロスのように、「死とは、マユから抜け出して美しいチョウになることなんだよ」とでも話してくれる人がそばにいれば、少しは気が紛れたかもしれない。それをよいことに、これまで自分から遠いものとして「死」を避け、できるだけ真正面から考えないようにしてきた。そうして、何か心休まるものを求めて、臨死体験、来世観、輪廻転生、スピリチュアリズムにまで好奇心を広げてみたが、どれも納得がいくものは伝わってこなかった。霊魂の存続は、実在を確認するという知的な営みではなく、信じる心の持ちようにあるのかもしれない。

「神が存在するなら永遠の命が約束される。たとえ、賭けに負けたとしても失うものは無いとしたら、死に際して、神の存在に賭けて信じた方がよい」

これは17世紀の哲学者による『パスカルの賭け』と呼ばれる、実に実存的な考え方である。そこには、敬虔な信仰心も情緒も感じられないが、論理的で説得力があり、何となくうなずける。これで本当に死への悩みや恐れを解消することができるなら、素直にそれに賭けて信じてみるのも悪くはない。私たちは、大仰に考えすぎているのかもしれない。より遠くを眺めて彼岸の世界を見ようとするなら、躊躇することなく、先人の肩に飛び乗ってみることだ。人間ひとりで考えて出来ることには限りがある。大きすぎる主題のときは、尚更である。

貧民窟の路傍で幼子が飢えで亡くなった。その「死」を自分の腕の中に抱きしめ、あまりの理不尽さに怒りを覚える。そこで現実から逃避することなく、いかに生きるべきかを考えて、貧困の解消に立ち向かう。そんな新進気鋭の経済学者がいた。そこには、我執にとらわれない崇高な精神の発露がある。自分の企業のこと、自分の国のことしか考えない利己的な人たちには、将来に約束された地位を投げ打って、あえて苦難の道を突き進もうとする、この学者の本当の気持ちは通じないだろう。

●初心を生きる

死を見つめて生きる心には、誰もが侵すことの出来ない尊さがあり、若いころの夢をかなえようとする初心に通じるものがある。それは、純真に生きようとする気持ちの現れであり、未熟ではあるが気宇壮大で頼もしくもある。青雲の志を胸に抱きながら、目前の事どもに臨んだころのことは面映くもあるが、なぜか懐かしい。それが、社会の現実とのしがらみの中で揉まれるうちに、夢はいつしか小さくなり、そして歪んでしまう。これは致し方ないことで、誰にでもあることである。でも、若いころの初心は決して忘れてほしくない。たしかに、歳を重ねてからの夢は、若いころと違って、分別もつきスケールは小さくなるが、その分、実現の公算は大きくなる。今度こそ、それを現実のものにしようとする強い想いの中に、若いころの初心が脈々と息づいていればしめたもの。いつまでも、悔いが残らないようにやり抜くことが、死を見つめて生きることにつながるから。

世界の大きな舞台で人の役に立つ新しい仕事に挑戦してみたいと、そんな茫漠とした初心を抱き、外資グローバル企業に入社したことをよく覚えている。若いころは、いつでも会社を辞める気概を持っていた。お客さまのためなら社長も手駒のひとつだと生意気なことをいいながら、仕事に取り組んだことが、まざまざと思い出される。それなりの肩書きがつくようになり、目先のことに追われてせわしない日々を過ごすうちに、いつしか夢を実現しようという意気込みは、だんだんと遠のいていった。

しかし、若いころの初心は忘れることはなかった。早いもので、あれからもう40年。激動の世界経済の中で、アジア・シフトの流れは止まらない。純国内企業ともいえるＪＢグループに、海外進出のチャンスが巡ってきた。今は、大車輪で中国やアセアン諸国への拠点展開を行いながら、グローバル企業への脱皮を目指して、大きく踏み出したところである。私にとっては、忘れることのなかった初心の実現でもある。北京でのオフィス下見から広州での社員採用まで、遅ればせながら習い覚えた中国語を駆使して、一からはじめる創業に奔走できる喜びをかみしめている。

いま日本は、私たちは

●いま世界は

相も変わらず世界の動きは目まぐるしく、国際政治のパワー・バランスは大きく変わりつつある。これまでは、僧衣を装って人権を守るために自由と民主主義を押しつける超大国のやり方は、すこしおせっかいを焼きすぎではないかと思うときもあったが、どちらかというと好意をもって捉えていた。それがここに来て、「目には目を」と本来の教えを忘れて、力でねじ伏せようとする過度な報復が目立つ。彼らのいうところのフェアネスも、所詮は人種的に限られた範囲のものと決めつけたくはないが、自らの国益と民族のエゴイズムが見え隠れするのは、余裕の無さの現れとしか思えない。これを洞察して、この超大国の終焉を指摘するむきもあるが、すこし時間軸を伸ばしてみれば、眠り続けていたアジアの強国が、やっと目を覚ましただけのことである。

イスラームから見た世界の歴史は、私たちが知っているこれまでの変遷とはまったく異なる様相を呈している。ギリシャの流れを引くアラブの文明は、疑いもなく、ヨーロッパ文明に先立って世界を支配していた。それでも、マルコ・ポーロを超える大旅行家であったイブン・バットゥータでさえ、知る人ぞ知るの存在でしかない。「アラブの春」も、イスラームの歴史がわからない人には、その複雑さは理解の限度を超えている。欧米一辺倒で、西洋史しか見てこなかった人たちには知る由もないが、これからは関心がなかったでは済まされなくなる。

アジアの躍進は、日本から見るのと海外から見るのとでは、その景色の見え方に大きな違いがある。実際にアジアで仕事をしてみて、特に感じることは、彼らは明らかに世界を視野に入れて仕事をしているということだ。そして、いささか拝金主義のきらいはあるが、彼らのアニマル・スピリッツは敬服に値する。たしかに、経済大国日本の衰退イメージは拭い難いが、それでも、周辺の国々や地域からの日本人への信頼感は、いまだ揺るぎないものがある。むしろ、一部の強国の無神経な振る舞いへの反感からか、日本への励ましとも思える期待が増している。これは願ったりかなったりのことで、この機会は大いに活かすべきであろう。どのような会議でも日本人の発言が注目され、必ず意見を求められるという時代ではなくなったが、民間人のレベルにおいても、一国を代表するつもりで、堂々と意見を述べる気概を持ちたいものである。地政学的にみれば、今ほど日本はよい位置を占めたことはないのではないか。躍進するアジアの一員としてのみならず、環太平洋地域にある主要先進国として、これほどやりがいのある時期はないと思っている。

●リーダーは育てるもの

日本のおかれた状況は、世界の政治・経済・社会などの厳しさから見れば、まだまだ相対的には恵まれている。だから、未だに危機意識を口にするだけで、失われた20年となっても、先の灯りが見えてこないのかもしれない。誰の目にも、明らかな崩壊の兆しは見えていた。それへの対応も議論をし尽くし、即座にやるべきことは分かっていながら、老体の象のごとく動きが鈍い。中には、何とかしようとする政治家や官僚もいるにはいるが、力不足でまとめ切れずに展望が開けないでいる。それを見ながら、衆愚政治に陥ったとか、ビジョンがないとか、批判を口にするだけで、これといった行動も起こそうともしない人たちの責任はかなり重い。後の世の人から見れば、現実から目をそむけ束の間の生を享楽に費やす末人の群れといわれても、ぐうの音も出ないだろう。

それにしても、リーダー不在が叫ばれて久しい。危機に直面すると、リーダー待望論が出て来るのは世の習いであるが、国を引っ張るリーダーは、その同時代を構成する民衆、ひいては社会に育てる思いがないと、どんなに優れた逸材でも卓越したリーダーにはなり得ない。たしかに、リーダー論を語るのは痛快この上ない。でも、歴史上の偉人から、何か共通する普遍性を抽出し、おそらく本人が持っていたかどうか疑わしい資質を、大局観だ、構想力だ、歴史観だ、胆力だと並べ立ててみたところで、果たしてそういう資質を兼備した人物が本当にいたのだろうかと疑いたくなる。リーダーは時代がつくるという人もいるが、やはり育てるものであり、時代が要請するものだと思う。かといって、いたずらに成果を早く求めすぎると、リーダーはどうしても目先の対応に追われて迎合しがちになり、聖人君子像を求めて全人格を厳しく監視するだけでは、育成どころか潰して仕舞いかねない。それだけに、リーダーの育成には、時間がかかるものであり、社会には大人の辛抱強さが求められる。すっかり、「君子三楽」を忘れてしまった社会ではあるが、英才を育てる楽しみだけは取り戻したいものである。

体操ニッポンは20年の栄華を誇り、オリンピックと世界選手権を通して10連覇の偉業を成し遂げた。しかし、その後の1980年代からアテネ・オリンピックでの復活まで、長期の低迷時代が続く。衰退の理由を、対談の中で聞いてみた。それはひとえに、体操界内部の「心のおごり」にあったと喝破している。その立て直しは、よく口先でいうところの構造改革で片づけられるほど甘いものではなかった。ジュニア育成の仕組みの導入だけでなく、協会幹部、コーチ、そして選手の総入れ替えにまで及んだ。だから、ジュニアから世界に伍して戦える超一流選手が育つまでに30年近くかかったと。

アインシュタインでさえ、パラダイム・シフトはできなかった。宇宙は静止しているとの固定概念にとらわれて、せっかく宇宙方程式で正しい答えを求めたにも関わらず、それを信じ切れずに宇宙項を付け加えて不覚の間違いをおこす。あの天才でも、これまでの考え方を変えるのは難しかった。ましてや、ただの人たちにとっての意識改革はおぼつかないと思えてくる。そうだとすると、うわべばかりの構造改革はともかく、国をあげての大きな変革は、生半可な覚悟で出来るものではない。しかし、ものは考えようだ。あと10年待てば失われた30年になるが、成功体験をもった指導層が居なくなり世の中は変え易くなると。もちろん、そこまで待てないが、少なくとも今から新しいリーダーだけは育てておく必要がある。

●グローバル化への対応

グローバリゼーションは、大航海時代にその起源を求める人もいるが、多国籍企業が新たな市場を海外に求めた1960年代ごろから、本格的に始まったと見るのが妥当であろう。いずれにしても、欧米の主導による地球的規模での経済の自由化といってよい。それがここにきて、行き過ぎたグローバル資本主義経済を、揶揄する声が大きくなってきた。たしかに、当初のグローバリゼーションは、単なる市場拡大にあったかもしれない。それでも、高邁な企業理念を持つグローバル企業に導かれて、世界の人々に幸福をもたらしたことは事実だ。私が知る限りでも、そのような見習うべき健全な企業は欧米にも結構ある。そのグローバリゼーションが、経済格差を広げるばかりで、多くの国にまたがる社会的な問題も起こしていると、批判の的にさらされている。たしかに、そうした負の一面は認めざるを得ないだろう。だからこそ、これからは政治や経済の損得だけでなく「人・物・金・情報」について、相手国の実情をよく受け入れてお互いに理解し合うことが問われる。

グローバリゼーションが進む中で、先人たちが営々と伝え続けて来た美徳ともいうべき、日本的なものを大切にすべきだと思っているが、少し気がかりなことがある。グローバル化への対応を急ぐあまり、社内会議をわざわざ英語で行う日本企業を、あたかも先進的であるかのようにもてはやす風潮である。たしかに、海外での仕事は、共通言語としての英語を話すのは当然として、その国の現地語もある程度身につけないと、まともなビジネスは進まないことは痛感している。しかし、かといって、経営の本質を議論する取締役会や経営会議を英語で行うのは、如何なものか。英語力向上のためという教育的な思惑だけなら、処遇とか資格審査に英語力を取り入れるとか、他にもいろいろな方法がある。せめて、経営の枢要だけは誇りを持って、自国の言語で伝える企業でありたい。タックス・ヘイヴンの島国に本社を移して、無国籍企業を目指すのなら分からないこともないが、それは、経営者の矜持の問題である。企業はまだしも、人は無国籍ではいられない。母国語は、単なるコミュニケーションの道具ではなく、その国の文化の根幹である。自国の文化を語れない人が、異文化や仕事のやり方がわかるとは思えない。

グローバル化で遅れているのは、とりわけ「人」である。自国の文化の土台の上に異文化を取り入れられる、もはやバイリンガルでなく、トリリンガルな人材が求められている。若い外国人、特にアジアの若者たちの間にそういう人材は豊富で、日本企業にその活躍の場を求めている。先ずは彼らを登用すべきであり、そのことが、日本の若者に刺激となって多くの国際人が育つことを期待したい。

何からはじめるか

●すべては、身体を動かすことからはじまる

対談を通して、心がけたことがひとつある。それは、単に知識を披露して弄ぶ対談にはしたくなかったことである。そして、いつも話し合う中で自らの身体を動かすことに繋げようとしてきた。だから、あらかじめ賢者の著作に目を通すことによって、あるいは対話の中から触発されて、行動を起こすことも度々あった。実際のこと、植樹活動の実態を見てみようと内モンゴルのホルチン砂漠に行き、荒行である千日回峰行の大変さをわずかでも体感できればと比叡山に登り、宮島の能舞台で狂言の至芸を月光に照らされながら観劇したり、ピョートル大帝の宮殿で吹きあげる噴水と見比べてみて桂離宮の完璧さを思い知ったことなど、これらの体験を通して、あらためて賢者の冠たるゆえんを感じとった。その一方で、気恥ずかしい思いも随分と経験した。中国人との宴席で中国語ジョークを話して失笑をかったり、チベット仏教の起源をたずねてラサでの入国に手間取ったり、植物染めから結城紬・大島紬

・黄八丈そして越後上布とのめりこんでいったことなど、多くの失態も演じた。

その結実として、

「すべては、身体を動かすことからはじまる」

と、今は実感をもっていえる。そして、やみくもに集めすぎた半知半解な知識は、せいぜい行動のための道しるべぐらいにしか役に立たないと思えるようになった。

●自然の中に生きる

では、何からはじめるか。日本人が意識していたかどうかは別として、原体験としてもっている、自然との共生からはじめたい。たしかに、ときに天地異変の鉄槌が落ちることはあるが、それを戒めとして、自然を畏れ敬い愛でることである。それも、外から眺めるのでなく、もう一歩、自然の中に踏み込んで、自分の身体を思い切って動かして生きること。つまり、自然と同化することである。それには、先ずは農業をすることであると思う。せめて、自分の家族の食する野菜ぐらいは、自分の身体を使って作りたいものだ。土をつくり、畑を耕す。鈍った身体にはきついが、ここで手を抜くとあとからしっぺ返しをくらう。種を蒔きつけて、芽を出したら間引く。もちろん農薬は一切使わずに、辛抱強く手間隙かけて育てあげ、天気を気にしながら、出来栄えを心待ちにする。農作業は、四季の移り変わりと連作障害を考えながら数年先を常々見据えるから、この自然サイクルが人間の時間感覚とぴったりと合う。いわゆる田舎わたらいの土いじりは、都会で自堕落な生活をしている人たちにとっては、創造的な力仕事で楽しいこと請け合いである。

もう少し年月をかけて楽しみたい人は、果樹を植えることだ。手ずから、美味しかったビワの種を蒔き、10本ほど育ててみた。樹木は大きくなったが、なかなか実が生らない。そこで、ビワの木に申し訳ないと思ったが、仕方なく8年目に半分に間伐してみた。そのビワが危機を察知したのか、その翌年にはたわわに実をつけて、大いに感激したことを覚えている。無精者には、果樹の栽培は打ってつけであるが、それでも冬の寒肥だけは省いてほしくない。

植栽を楽しむには、百年とまではいわないまでも、少なくとも50年ぐらい先を想像逞しくして植える必要がある。明治神宮の森を見上げるたびに、先人たちの偉業に敬意を表しているが、これだけの長期構想となると3世代にわたる新たな夢が膨らんでくる。植栽そのものはたやすいが、その後の剪定となると、存外な手間がかかる。私も、黒マツのもみ上げに夢中になって、何度も脚立から落ちたこともあるが、自分の最期は転落死が相応しいのかもしれない。その傍らで、これは剪定など早く止めて自然の雑木林に戻せとの託宣ではないかと考えなくもない。今では、四半世紀前に植えたカシの木々が、屋敷の北東の守りを固めて、あたりを睥睨してそびえている。おそらく、この威容は次の世紀を迎えても生き残るだろうと、カシの大樹に寄せた「もののあはれ」の哀愁が、なぜか込み上げてくる。

長い年月を重ねて手塩にかけた小自然ともいうべき、空間に身を置く。ひたすら身体を動かしたあとの疲労感と、少しの達成感に包まれながら大の字に寝転んで、流れ行く雲を追った。突き抜けるような青い空と白い雲を見ていると、何ともいえない不思議な気持ちになる。何も考えていない。それでいてなぜか満たされている心地がして、天を独り占めしているようだ。そこには「生」も「死」もなく、悠久の流れに身を任せている。これがイスラームでいうところの「ラーハ」なのかもしれない。目先のこと、身の回りのこと、妄執にとらわれずに身ひとつで自然に溶け込んだような気がした。

「自然は、私たちに、もうこれ以上働かなくてもいいように老を与え、ゆっくりと休息させるために死をもたらした」

生死に差別をつけない「無為自然」の考えは、なぜか心地よく心に響き、安らぎを覚える。頭で考えるのではなく、心で感じる。ほんのひと時とはいえ、自然と同化した瞬間かも知れない。

●行動に裏づけされた教養

一つひとつ体系化された知識を理詰めで追い求めながら、頭で理解するのも楽しいが、それだけでは今様のビッグ・データによる解析には及びもつかない。目覚しい創造だと思うときもあるが、よくよく調べてみれば、とっくに先人が創り出したことばかりだ。仮説の上の仮説の論議は、専門家に任せておけばよい。むしろ、そろそろ、知識を集めるのは止めにして、それらを行動する中で役立たせてみてはどうか。激しく変わることが常態となり、限られた知識と経験だけでは対処しきれないことが増えてくる。そのときこそ、判断の拠りどころとして、行動に裏づけされた教養の出番となる。

仕事では、とにかく誰にも負けない専門分野を作れと、若い社員によくいってきた。さらに仕事だけではなく、いろいろな分野に関心を寄せることだと。そして、専門分野での実績が積み重なったら、人前で話したり機会があれば講演したりして、本を書けるぐらいの定見をもってプロを目指せと。でも、いざ本を書こうとすると、単に知識を整理して自分の体験を述べるばかりではなく、文面を通して新しい見識を提示し、小さいながらも発見した事柄を著わすことが求められる。たしかに、生易しいことではないが、ここまで来たら、その専門分野の第一人者としてやり遂げたいものである。何をおいても、それが自分が生きてきた証となるからだ。

仕事が道楽のようになればと思うが、これは科学者か芸術家でない限りなかなか難しい。

でも、仕事を離れたら、リベラルアーツと大げさに構えないで、それこそ道楽のつもりで楽しむ。そのあとは、漫然とではなく5、6分野ぐらいに意識を向けて、見聞を広める。さらに興味が増してくれば、ゆかりの地でフィールドワークするのも一興だ。研究者で能の作家、あるいは経営者で生物学者とか、仕事とは異なる世界を切り開いて、多彩な才能を発揮し、見事に人生を謳歌している人を知っているが、愉快なことではないか。

ときには、道楽が高じて蒐集の道に入り込むこともある。でも、これだけは入り口で一度立ち止まって冷静に考えてから、慎重に見極めた方がよい。かくいう私も、その餓鬼道に迷い込み、世界中の骨董市を巡ったことがある。遠くニューヨークの住人であったり、聞けばノーベル賞候補の学者であったり、地方のその筋の顔役であったり、まったく違う世界の人たちとのつき合いがはじまる。楽しいこと請け合いであるが、ほどほどにしておかないと、苦界に身を沈めかねない。「死ぬほど集めるぞ」と豪語する蒐集の傑物もいて、それはそれで尊敬に値するのだが。

次世代につなげる

政治や社会が混迷を来し、人心が荒廃した乱世の時代は、天変地異が起こるといわれている。うち続く政治的混乱、リーマン・ショックから世界的な金融危機、さらには年間3万人もの自殺者を出し続けるこの時代は、そのような乱世を彷彿とさせる。そして、不幸にも東日本大震災に直面し、人災ともいうべき原発事故対応の最中にある。歴史がそれをいい当てていると、あとからつけ足しても、何の慰めにもならない。

平安末期から鎌倉時代にかけての源平争乱の時代は、天変地異がたびたびおこり、無常観が漂い人心は乱れていた。その大変動期を生き抜いた、新古今和歌集でつながる三歌人がいた。漂泊の旅の中で秀逸の和歌を残した西行法師、方丈の庵を結んで無常を書き綴った鴨長明、そして新古今和歌集の勅撰としてその名を残す藤原定家である。まさに三人三様の生き様をありありと見せた。その中でも、今の私にとっては、定家の人間らしさになぜか親しみを覚える。西行や長明の心境を身体で味わい深く受け止めるには、まだまだ人間ができていないのかもしれない。定家は、書き記した日記『明月記』の中で、「歌道の家」の当主として、

「世上乱逆追討、耳に満つといへども、これを注せず。

紅旗征戎、吾がことにあらず」

と、世俗とのかかわりを避けようとする心持ちを、きっぱりいい切っている。とはいえ、日記からは政治権力への憤り、自分の出世処遇への不満、さらには風紀の乱れへの嫌悪感と、人一倍の関心度合いが垣間見える。移ろいゆくものに美を感じた西行や長明のように、とて

も隠遁生活に甘んじたとは思えない。世を憂いながらその狭間で揺れる、そんな人間味あふれる定家に共感を覚える。

私たちは、この混迷した時代に生きるものとして、世を儚んでいたずらに無常の世界に閉じこもって、傍観者を装うことは許されない。やるべき役割をしっかりと果たして、次世代につなげたいものである。その上で、ことさら「引き際」を言挙げることなく、ただ静かに、あくまでもひそやかに自然の中に入って行く、そんな生き方でありたい。

12人の賢者との対談は、イスラームのことから森羅万象を畏れず各分野に及び、最新のガン治療からロンドン・オリンピックにまで広がりをみせた。その対談に流れる主調は、人類が考えることをはじめてから最も深く重く追求して来た永遠の主題、「死を見つめて生きること」であった。大変動期ともいうべき今こそ、これを自分のものとして具体的に考え、行動を起こすことが求められる。対談の中で語られた賢者の言葉は、多くの示唆に富んでおり、これから起こす行動のための指針になるものと信じている。

1

文化人類学者
片倉もとこ
Motoko Katakura

第1章

イスラームの叡智を旅して

片倉もとこ *Motoko Katakura*

文化人類学者。東京大学大学院地理学博士課程卒業。津田塾大学教授、国立民族学博物館教授、中央大学教授を歴任。梅原猛、河合隼雄らが所長をつとめた国際日本文化研究センター所長に就任、同2008年退任。主にイスラームの世界と多文化を研究。

長い間、イスラームの世界を旅してきた片倉もとこさんには、今の日本人に見えがたい世界が見えている。果てしない砂漠のなかを遊牧の民とともに往来し、その優しいまなざしで見つめ、人々との触れ合いから汲み上げてきた叡智の数々に身をゆだねる時を、共有させていただいた。遠い世界に思えたイスラームに、近代以降日本人がどこかに置き忘れてきた、懐かしい面影のあることを知った。

「アラブのＩＢＭ」と契約の精神と

石黒　イスラームというと、私たち日本人にはどうも馴染みの薄い世界のように思えます。オイルや民族紛争、それと物騒なテロの話ばかり伝えられて、それも欧米経由の情報がほとんどですから、彼らの本当の姿がよく見えてこない。「アラブのＩＢＭ」という言葉がありますが、いい加減な体質を表すかのようで、これまでもビジネスではあまり良い意味では使

われていません。

片倉　「アラブのＩＢＭ」は、どういう経緯で誰が言い出したかは知りませんが、第一次石油ショック（１９７３年）の前後に日本人がアブラかアラブか区別もつかないようなころ、アラブを揶揄するニュアンスで使われましたね。Ｉはイン・シャー・アッラー、「神のご意志があれば」、Ｂはボックラ「明日」、Ｍはマーレシュで「まあそう気にしなさんな」といった意味で、日常生活では、かなりよく使われることは確かですが……。

石黒　私が会ったアラブの人たちは仕事熱心でガッツもあり、彼らもムスリムだったと思いますが、「アラブのＩＢＭ」とはかなり違っていました。井筒俊彦先生も『イスラーム文化』

（岩波文庫）の中で、「イスラームは商業取引での契約を重視し、相互に信義を尽くし、絶対に嘘をつかず、約束を果たす」、そしてムハンマドは商人だったこともあって、商業倫理を大切にする人たちであったと言い切っています。

片倉　そのとおりで、商業倫理を大事にし、そのための契約をきちんとします。日本人が嫌がるほど、ビジネスの上では契約精神をはっきり出します。「マクトゥーブ（書き物）にしよう」と文書にして約束事とする。普段の生活は、きわめておだやかなものです。イン・シャー・アッラー、うまくいけばいいですね、とゆったりした世界を展開しています。

イスラームでは、社会的な重大事だとして、結婚も契約で裏うちします。契約は人間同士のもので、神に対して「相手を永遠に愛します」というような、嘘っぽいことを誓いません。人間は弱い存在であることをあっさり認め、愛がさめてしまったときのことも現実的に考えて契約にしておきます。

石黒　夢がなくなりそうですが、あらかじめ離婚の条件をつけるとか。

片倉　そうです。結婚は子を宿す女性を保護するためにできた制度という面がありますから、離婚することになれば、男性のほうからいくら払うというような、いわば離婚保険を結婚のときに条件として書いておくのです。

ロマンのないような感じもしますが、古来アラビア人は、たいへんに詩的で恋の詩をうたいあげるロマンチックな人たちなのです。それゆえ結婚することになった男女は、現実の生活を忘れがちだから、周囲の人たちが、結婚の前に契約書をとりかわすようにさせます。社会秩序を守る一つの智恵なのでしょう。

意外な広がりを持つイスラーム世界

石黒　先般、たまたま中国・雲南省の昆明に行ったのですが、市街地の一角にアラビア語の看板が見える清明街を見つけました。ああ、イスラームの広がりは凄いなとあらためて驚いたことを覚えています。

片倉　昆明は14世紀頃、シャムス・ディーンというアラビア人の知事が治め善政を敷いたので、イスラームが広がりました。大きなイスラーム大学もあります。私も訪れてみたのですが、そこで中国・北部からきた母娘に会いました。話を聞くと、娘さんは「母が日本人と一緒に育ててくれました」と言うのです。前々から聞いてはいましたが、日本の残留孤児を育てた人たちに、ムスリムが非常に多かったそうですね。その話を当事者から聞くことができました。

石黒　それは、興味深いエピソードですね。私も昆明では面白い話がありました。現地の方によると、明の時代に活躍した鄭和《ていわ》は、このあたりの出身だと大層誇らしげに語っていました。鄭和はムスリムで、彼の父は馬哈只（mǎ hāzhī）といったそうですが、その時は哈只が何なのか分かりませんでした。片倉先生の本を読み、聖地メッカへの巡礼者をハッジということを知り、そういえばと思い出したのが正直なところです。

片倉　15世紀に活躍した鄭和のおかげで、交易が進んだのですね。シルクロードには大きく3つ、「草原の道」「砂漠の道」「海の道」とあるのですが、鄭和が往き来したのは海の道です。シルクロードという言葉には美しい響きがありますが、人々が犠牲を払いながら作り上げた道なのです。砂漠道の行き止まりに、白骨になったラクダと人の骨が散らばって、ところどころと風に鳴っているのに出会ったことがあります。鄭和の頃にはもう、海の道も確固としたものになっていましたが、モンスーンとの戦いなど、海の道も並大抵ではありませんでした。モンスーンはアラビア語で季節を意味するモウシムという言葉からきているのですが。

石黒　インド洋から東アフリカまで大艦隊を率いて何度も航海できたのは、すでに広がりをみせていたイスラーム圏のなかで、ムスリムであったことがプラスになったともいわれています。

片倉　永楽帝が鄭和を航海の長にしたのは、彼がムスリムだったからだと言われますね。モンゴルがあれだけの大帝国を築くことができたのも、ムスリムを数多く登用し、イスラームを帝国のなかに引き込んだからだと言えるでしょう。

〝バットゥータの娘〟と呼ばれて

石黒　そこで忘れてはならないのが、イブン・バットゥータでしょうか。家島彦一先生の紹介によりますと、この旅行家は19世紀までヨーロッパではあまり知られていなかったようですが、そのスケールの大きさには目をみはります。モロッコからのメッカ巡礼に始まって、インドのデリー王朝で法官として8年間過ごし、中国まで30年間におよぶ旅をしている。巡った国は50カ国あまり、14世紀にそれだけの移動が広域にわたって自由にできたというのは信じがたいですね。

片倉　イブン・バットゥータはアラビア人たちが誇りにしている存在です。イブンというのは「息子」という意味で、イブン・バットゥータは「バットゥータの息子」という意味になります。アラビアでは、こういう呼び方をよくします。彼とはレベルが全然違いますが、私も世界のあちこちをうろうろし、フィールドワークをしていたものですから、アラビア人の学者から「あなたはまるで〝ビント・バットゥータ〟(バットゥータのビント=娘)だ」と、光栄なあだ名をもらいました(笑)。

石黒　イブン・バットゥータは法学者ですから、知的好奇心を抱きながら旅をしていたのでしょうか。ヨーロッパの商人たちが一攫千金への野心を抱いて大航海に乗り出したのとは、明らかに志からして違います。片倉先生も同じように学者として旅を続けてこられた。そういう意味では〝バットゥータのお嬢さん〟に相応しいですね（笑）。

ところで、先生がよく触れておられる「イルム」という言葉は、一般的には知識と訳すようですが、どうもそれだけでは不十分に感じてしまいます。

片倉　おっしゃる通りです。イルムは目に見えるものと見えないもの、両方を含んでいます。「情」を持った〝情報〟に近い、感性と理性の両方を含みこむのが本来の意味のようですね。それは旅したり、いろんな人と語らったりするところから出てくる、といわれています。

日本にも松尾芭蕉という旅の達人がいました。芭蕉はスパイではなかったか、という説がありますが、意図してスパイしたというよりも、あのように旅に生きることで、結果としてスパイ並みの情報を得ることになったのだと思います。

石黒　そういえば、葛飾北斎にも隠密説がありましたね。旅をして、その地で直に見聞きしながら得る知識が、本当の「イルム」ということでしょうか。

片倉　イスラームでは、動くこと、旅をすることによって「イルム」を豊かにすることが大事だといわれます。その人が立派かどうかは社会的地位ではなく、どれくらい「イルム」をもっているかどうかで決まります。

映画『ザ・メッセージ、砂漠の旋風』とイスラームの世界

石黒　先生にお会いするということで、あらためてイスラームの映画を観ました。そのなかでは、シリアの巨匠ムスタファ・アッカドが撮った映画『ザ・メッセージ、砂漠の旋風』（1976年）が、いろいろな意味で興味深かったです。シーア派の学者によるこの映画に対するコメント、CGを使わない迫力ある映像、それと今とは違って当時のアメリカが持っていたイスラームに対する余裕みたいなものを感じますね。あの映画は一部の国では上映禁止になったとも聞きましたが、イスラーム社会でどのように受け取られていたのか気になります。

片倉　イスラーム社会には、パレスチナに関連して反米意識が一般にあるものですから、アメリカが製作したということに対する拒否反応がまずあったのではないでしょうか。またムハンマドを演ずる俳優の後ろ姿だけでも、偶像崇拝を禁じるという教えに差し障りの感じられる部分もあったかもしれません。イスラーム世界に暮らす人たちには、具象的なもので、真実がゆがめられることがあるという怖れの意識が付きまとうようですね。映画でイスラー

ムを扱うと誤解が生じてしまう、本当のイスラームが分からなくなる、という感覚を抱くようです。

石黒　そうですか。戦闘の場面が多く、イスラームは改宗を迫らないはずなのに。映画のなかではそういうシーンが露骨に出てきます。

片倉　「なにびとも人に宗教を強いるなかれ」、という教えがイスラームにはあり、宣教師といった人はいません。ごく例外的に、そういった人がいる地域もありますが。僧侶制度や修道院なども存在しません。この世の毎日の生活のなかで、一人ひとり自分で修業すべきで、他人に改宗を迫るのはもってのほか、というのです。私自身ずいぶん長くイスラーム社会に接していますが、折伏などといったことはおろか、おしつけがましい説得をされることも、まったくありませんでした。「あなたはイスラームのことをそんなによく知っているのになぜムスリムにならないのか」と日本人から聞かれることはありましたが。「トンカツが好きだから」と答えたり……（笑）。私はキリスト教の賛美歌も好きですし、ほかの宗教もおもしろいなと感じるので、一つの宗教に嵌まれないのです。

石黒　そのムスタファ・アッカド監督は、２００５年におこったアンマンの同時多発爆破テロで亡くなっていますが、現在のイスラーム社会をとりあげた映画を観たかったです。

ＩＴの源流にあるアラビアの学術・文化

片倉　まるで宗教のように私が嵌まってしまっているのは、パソコン、ＩＴです。アメリカの牧場でつくられ牛の絵が箱に描いてあった馬鹿でっかい大型のタワーつきの、ゲイトウェイが最初のころは、お気に入りでした。

石黒　それは相当なキャリアの持ち主ですね。ここに来てＩＴ社会も現実味を帯びてきましたが、コンピューターの前史となると、アラブ無くして語れない。古代バビロニアに端を発するアラビア数字から、十進法や算盤、さらにはノイマンのプログラム内蔵方式コンピューターのベースになったアルゴリズムとめじろ押しです。近代以降となるとしばらくは停滞の時代が続きました。

片倉 最近のＩＴの話題ではどういうものがあるでしょうか。

石黒 毎年、ドバイで開催されるＩＴ展示会は世界でも有数の規模と内容になっているようです。ＩＴ企業のＭ＆Ａにも、アラブの資金力にものを言わせる投資企業の名前がよく出てきます。それと、何といってもヨルダンのラニア王妃の話題でしょうか。もともとはＩＴ関係で仕事をしておられたようですが、ご自身でYouTubeのチャンネルを立ち上げて、YouTube Visionary Awardまで受賞されています。

片倉 アラビアの女性の地位は低いように思われていますが、案外そうではなく、優秀な女性も多いですね。中東は科学の先端分野でも進んでいまして、宇宙飛行士も日本より早く輩出しています。一般のＩＴ利用も進んでいて、断食月になると食事の時間が浮くからでしょうか、メールやスカイプでの連絡がひっきりなしに入ってきます。

「ゆとろぎ」と〝女のかんざし〟

石黒　先生は「ゆとろぎ」という言葉をよくお使いになっていらっしゃいますが、これは先生の造語と聞きました。

片倉　「ゆとり」と「くつろぎ」を、たして「り・く・つ」（理屈）を引いたのが「ゆとろぎ」です。アラビア世界では時間を「仕事」「遊び」「ラーハ」の3つに分けて考えます。そのうちの「ラーハ」が人生で一番大事な時間とされます。ラーハを「くつろぎ」という日本語にしてみたのです。

イスラームというと、マスコミの報道するテロや紛争といった非日常的事象が話題になりますが、アラビア、イスラームの人たちの日常世界には、自然ととけあうようなゆったりした流れがあります。宮城道雄のお琴の曲『春の海』のような。

石黒　お話をうかがっていますと、どうも企業経営は「ゆとろぎ」とは、ますます隔たってきたような気もしています。とりわけ最近の傾向として、目的の早期達成を目指して、いい意味でいえば迅速な変化への対応ですが、「りくつ」の先走った落ち着きの無い短期のオペレーションが多くなってきたことは否めないですね。昨今のような想定をこえた大きな変化に直面すると、気力と体力が充実して「ゆとり」が無いと続かない。今こそ「ゆとろぎ」の世界が欲しいところです。

片倉　仕事に一生懸命に取り組むこと自体はいいのですが、目的至上主義になると人生がそれだけで終わってしまいかねない。映画を観る余裕すらない人が、最近は増えているようですね。仕事以外には、見向きもしないというのが、立派だという価値観が定着してしまっています。日本にはぼんやり生きたり、何もしないで過ごしたりすることを大切にする文化も受け継がれてきています。そういう価値を見直してみるのも、こういう時代には大事かもしれません。

石黒　最近、先生が著わされた『やすむ元気 もたない勇気』（祥伝社）の中で、「ゆとろぎの気持ちであせらず少しずつゆっくり押していると案外早くできてしまうものです」と書かれています。そして、アメリカで主婦業に励みながら論文をものにされて博士号を取得された。「弱きもの武器を持て」、決して先生は弱くないと思いますが（笑）それが博士号であり〝女のかんざし〟だと表現されています。このように、〝女のかんざし〟と言える余裕みたいなものを、私たちも持ちたいですね。

人を抱きしめて全体的に理解する

石黒　イスラームの世界を解きほぐしてくださる先生の論のなかで、最も新鮮に感じたのがタウヒード、すなわち一化の考え方です。バイナリーで二元論的に物事を見る世界に慣らされてきましたから、受け止めにくいところもありますが。

片倉　確かに、わたしたちは二元論で考える癖がついてしまっているので、ちょっと面食らう感じもあるのですが、イスラームは、物事を分離して考えないのです。心と体も分離してみなしません。西欧医学の基礎になった『医学大全』を著したイスラームの医学者、イブン・スィーナ（アヴィセンナ）は、10世紀から11世紀にかけて活躍しましたが、彼自身は医学者であり、哲学者であり、なおかつ詩人、という多重的な大人物です。人間の身体のなかには、いろいろなものが存在するけれども、それらすべては一つにつながって機能している、と全体的な把握のしかたをします。イブン・スィーナは、臨床医として患者を抱きしめたそうです。そういう患者たちとの付き合いで、問題の全体が分かったと彼は述べています。

一化の思想はイスラームの根本思想で、政教分離もしません。物事を白黒に分けて考えることもしません。法律も「～してはいけない」と「～していい」の二分法ではなく、「どちらかというとしたほうがいい」「どちらかというとやめたほうがいい」といった領域も入ってくる三分法、五分法になります。多様性と一体性を重要視するのが、一化の思想なのです。

石黒　一化は、本当に含蓄のある言葉ですね。新たな共生する世界につながる一筋の光明のようにも思えてきました。今日は本当にいろいろなことに気付かせていただきました。

後日の円卓にて

ゆとろぎと女のかんざし

ゆとろぎの片倉さんと女のかんざしは
そぐわない気がしますが……。（村松）
勝負の場に臨む、芯の強さを
支えているのだろう。（石黒）

ためらいがない

好奇心、思いのままに行動する
パワーがすごい。（石黒）

庭

豊橋の我が家までお越しいただいた。（石黒）
そのとき石黒夫妻に
「お幸せね」と笑顔で
おっしゃったのが印象的。（村松）

西行

「願はくは花の下にて春死なん……」の
西行の無常観に惹かれる奥深さに感銘。（石黒）

少女、女学生

とても気さくで楽しい雰囲気の方。（松尾）
たとえば、袴姿で自転車に乗るような……。（村松）

天真爛漫

言動すべてに嫌味がない。(石黒)

よく見せよう、とするところがない。(村松)

素直なお人柄がよく伝わってくる。(松尾)

上品さとオープンさが、気風の良さにつながっているのかも。(内田)

街で会ったら軽くお食事でもしたい方。(村松・松尾)

バットゥータの娘

この呼び名を喜ぶ姿も印象的。

イスラーム視点の新鮮な世界観に眼を開かせていただく。(石黒)

女優

学者、主婦、バットゥータの娘……。

どんな役にも自然に入り込める才能ある女優。(村松)

好奇心への道標

『イスラーム文化』井筒俊彦著(岩波文庫/1991年)

『ゆとろぎ—イスラームのゆたかな時間』片倉もとこ著(岩波書店/2008年)

『イスラームから見た「世界史」』タミム・アンサーリー著(紀伊國屋書店/2011年)

2

和泉流狂言師

野村万作

Mansaku Nomura

第2章 太郎冠者の語りに酔う

野村万作 *Mansaku Nomura*

和泉流狂言師。重要無形文化財各個認定保持者（人間国宝）。祖父・故初世野村萬斎及び父・故六世野村万蔵に師事。早稲田大学文学部卒業。「万作の会」主宰。「釣狐」に長年取り組み、その演技で芸術祭大賞を受賞。その他、紀伊國屋演劇賞、日本芸術院賞、紫綬褒章、坪内逍遥大賞、朝日賞等、多数の受賞歴を持つ。現在に至る狂言隆盛の礎を築く。

2007年に重要無形文化財各個認定、いわゆる人間国宝の栄誉を受けられた狂言界の巨匠、野村万作氏。全国各地のさまざまな舞台で、日々、至芸の数々を演じる一方、さらなる芸の練磨に、後進の育成にと余念なく励まれている。洒脱で端正な芸そのままの姿で見えた万作氏は折々に狂言の所作とセリフを交えて場をゆるめながら、芸道にひそむ話の花を咲かせる。時に笑い、時にうなずき、語りに酔って気がつけば早や90分。狂言二話をじっくり堪能した、和やかな気分に包まれていた。

観客が想像力を駆使して楽しむ狂言

石黒 昨年11月に、東京・水道橋の宝生能楽堂で催された野村狂言座を楽しく拝見しました。万作さんが祖父《おおじ》の役を演じられた狂言「老武者」は、橋掛かりに勇ましい格好で老武者が並ぶと威圧というより、何故か可笑しみが込み上げてきました。

野村 稚児を可愛がりたい若者と老人の争いをテーマにした話で、僕は老人の代表。狂言では、老人役はわざと老醜を誇張してさらし、笑いを誘う作られ方が多いんですよ。でも老武者では偉い、若者を一喝するような役柄ですから、それらしさに配慮しました。

石黒　大立まわりもある派手な曲ですね。でも最後はお年寄りを労わるところもあって、シニアのパワーと若者の関係に、ほのぼのとしたものを感じます。私は、老武者の立場でついつい観てしまって（笑）、何となく切なさみたいなものが残りました。

野村　老武者が長刀などを持って攻め込み、竹竿を持った若者に追い立てられる。しかし最後には、若者たちも老人を敬おうと思い直して、稚児へ誘う。そして老人たちが稚児を担ぎ上げ、幕に入っていくんですね。その後どうなったかは、狂言でははっきりとさせない。そこが面白い。このように観客の想像に委ねる点が結構ユニバーサルなものだと思います。その時代、その国の状況と、600年前の狂言を見て、共通点を引き比べてもらえたらいいですね。

石黒　今回のような「狂言尽くし」という狂言だけの催しは、全国で盛んに開かれていますね。

野村　現代では非常に盛んです。能舞台だけではなく、文化ホールなどの劇場でやることも多くなりました。戦後、私ら世代の狂言師が、狂言の価値を懸命に吹聴した成果が現れて、さらに〝笑い〟への一般的な評価が高まった今の状況が後押ししました。倅の野村萬斎など狂言師がCMに出たり、教育番組に出たりして露出を高めているのも一因でしょう。

石黒　それは、万作さんご自身が走りじゃないですか（笑）。あれは確か、ネスカフェの「違いがわかる男」でしたね。私らの世代は、そちらの方になじみがあります。

野村　そんなこんなで目に付けば、この人の出ている狂言を観てみようかと、初心者の人たちも文化ホールなどに足を運びます。こうして狂言の価値が上がり盛んになっているんです。

石黒　能と狂言では、どうしても以前は能あっての狂言という印象が強かったです。正岡子規は、狂言が好きで松山にいる頃の夏目漱石と一緒に狂言を観に行ったこともあるようですが、『病牀六尺』の中で、『狂言記』にふれながら能と狂言に言及しています。そこでは、「昔の古い芸能の名残が狂言に多く残っている」と書いていますが、やはり能あっての狂言という考え方です。長い間にわたって、このような微妙な関係が続いていたんですね。

野村　それが以前は、身分的な立場にも影響していました。能がメインで、狂言は間に入って湿布みたいに、疲れた肩をほぐすものと考えられていました。能士体の催しで観客は謡を習う人が多く、狂言を純粋に楽しむ人は少なかった。

石黒　こうして狂言があらためて普及して来ると、誰もが楽しめる本来のすがたに戻ってきたということでしょうか。

野村　そう言えますし、嬉しいのですが、反省材料もあります。それは質の問題です。盛んになればなるほど、稽古が不足するんですね。狂言では、その都度違う曲、違う役を演じるんです。盛んになって一カ月で20回前後は舞台がある。するとほぼ毎日違う演目をやらなければなりません。しかも演者は全国で150人に満たないほど。小人数が常に回転しますから、稽古の量とステージ数が相反することになる。そこが難しいですね。

狂言の笑いは人を和ませる

石黒　万作さんは「狂言は美しく面白く可笑しい」とおっしゃっています。今の世の中、喧しくて落ち着きのないことばかりで、こういう時代だからこそ、〝笑い〟が必要だと思います。でも、私の世代は、どちらかというと「男は三年に片頬」の方ですから、瞬間的に反応する〝笑い〟ばかりが目につく昨今は、どうもいただけない。

野村　僕の理想は大声を出して笑わなくても、心が和む気持ちになること。それが〝笑い〟につながる上質な狂言の良さじゃないかと思うんですね。狂言らしい、心が和むことが一番大事だと思います。また劇として舞台に立つ姿が美しくなければならない。その基盤があって、中身の可笑しさで笑いがこみあげれば一番理想的ですね。ただげらげら笑うのが狂言だとは、思ってほしくない。

石黒　『狂言記』に目を通してみましたが、あまり面白くないですね。観たことのある狂言なら読んでイメージできますが、やはり狂言は狂言師が積み重ねた芸を観るものだと強く感じました。

野村　理由の一つは狂言の簡潔さにあります。ドラマチックな対話などはないんですが、役者の演技力で膨らませる。役者のいい芸と、観客の鑑賞眼がうまく合ったときに素晴らしい舞台効果が出ると思います。

石黒　なるほど。ところで、「老武者」と同じ大勢物というジャンルで「唐人相撲」がありますね。『狂言記』では、わずか数行しか書かれていませんが。

野村　でも、それだけで50分くらいかかります。書かれていない相撲を取るシーンや唐の皇帝の舞があって、伸びていきます。

石黒　唐韻のセリフが独特でいいです。

野村　インチキ中国語なんですが、完全にインチキでもない。ちょっと実演してみましょう。「フーランドン、ニゴイチョウ、フュカンナンツルー、ホロケ、ナンガンゴイ、モンガンゴイ、チェッハチエイ、ヨーチョー、オダーラー」（笑）、とこんな感じです。

石黒　…すごい。目の前で聞くと、一段と迫力があって違いますね。

野村　昔は唐の皇帝が負けていたんですが、あんまりだから、今僕らは、途中で引き分けに

しています。最後に皇帝が、帰る日本人の相撲取りに道の平安を祈って、ちゃんとした中国語で一路平安（イールーピンアン）と言う。そして大勢で一路平安と謡いながら終わります。これならいかにも日中友好です（笑）。

石黒　はじめて観ると、能舞台狭しと繰り広げる曲芸にはビックリしますよ。

野村　衣装が大変で、演者が集まらないため、めったに出ません。少ない狂言師が皆アクロバット的な動きをできるわけでもなく、できる人に依頼もします。昨今は演劇界の若手の人で体操をやっている方を起用し、パントマイムの人も入れます。そういう演技は非常に喜ばれます。

年輪を重ねて変わっていくもの

石黒 万作さんの著した『太郎冠者を生きる』（白水社）を、興味深く読ませていただきました。3歳で「靭猿」の初舞台を踏まれて、50年の節目にこの本を上梓したとあります。19歳で野村万作を襲名、そして「三番叟」「奈須与市語」ほか大曲を披かれて、年来稽古條々のように順風満帆だと思っていましたが、いろいろと葛藤もあったようですね。正直な感想としては、お父上の六世野村万蔵の存在がひときわ大きかったんだなあという印象です。お酒を飲む芸をなさると、もう顔が赤くなってお酒の匂いがしてくるというお話などを伺うにつけ、本当の達人だ、まさに至芸だという感じを受けました。

野村 父を最初に名人だと言ったのは亡くなった評論家の加藤周一さんです。能狂言の評論家じゃなくて、外部で幅広く活動する人が、そう評価してくださった。とても嬉しかったですね。父が評価されることで、世の中の眼が狂言に振り向いてくれるチャンスになる。見てさえくだされば魅力を感じてもらえるという思いがありましたから。

石黒 たまたまですが、万作さんが「釣狐」を披かれたころに書かれた小論文を読んでみましたが、これからは狂言ばかりでなく新しい分野にも挑戦して行くんだという小気味好い内容でした。『太郎冠者を生きる』、そして最近の『狂言三人三様　野村万作の巻』（岩波書店）

第 2 章
太郎冠者の語りに酔う
野村万作

と順を追ってみると、変わってくる様子が見て取れます。

野村　やっぱり芸も変わりますが、考え方も変わりますね。

石黒　朝令暮改が日常茶飯事の世界で仕事をしていますと、むしろ600年にわたって「型」を伝承しながら、その中で工夫して変化し続けてきた狂言には、生き抜く術みたいなものが備わっているような気がして魅力がありますね。

野村　芸においては、「釣狐」を例にすれば初演から演技が変わっていくんです。無我夢中だった初演、そして再演、再々演……それぞれ課題が変わり、違う挑戦がありました。60歳で封印し、もうやっちゃいけないと思っていたんです。でも先輩の名人の能楽師が紋付袴で舞を舞い、あるいは日本舞踊の名手が素の格好で踊るのがとっても素晴らしいときがある。名人上手になれば衣装を着なくても、心の演技でにじみ出るんじゃないか。それこそ先程申し上げた、鑑賞者が想像力を膨らませて観てくだされば、衣装をつけなくても狐に見えるはずだ。そう思うようになりました。それで16年の時を溶かして2009年の秋に衣装をつけない「釣狐」をやってみたんです。

石黒　加藤周一さんは、万作さんの「釣狐」について、「人にして狐、狐にして人を見事に演じ切るのを観た」と、これ以上ないような賛辞を呈しておられます。万作さんの「釣狐」には、可笑しみをこえた何か奥深さを感じます。

野村　はい。人間の性を、狐の姿を通して感じられるんですよ。

石黒　釣り餌に手を出そうか出すまいかという姿は、自分の欲望を抑えきれない性みたいなものをまざまざと見せつけられますね。

野村　父が亡くなって30年。その間、ある意味父から解放されて自分の「釣狐」をやりたいと思うようになりました。自家の台本をゆっくり読んだり、他家の台本と読み比べたり、ほかの人の「釣狐」をみたりした。すると元の本のせりふの一つひとつが新鮮に感じ取れるようになっていきました。そういう変化はいくつもあります。「柑子」という父の得意だった曲では、太郎冠者がみかんを自分の親しい者のように扱いますが、こういう話は習っただけでは決してできません。

石黒　「柑子」は観ていて、短くてもいい味があります。

野村　その味は、生き方や人柄、心持がプラスアルファされないと出ません。太郎冠者というのはまっすぐな目線を持った庶民の代表です。父にはそのまっすぐさがあるとある方から聞いたことがあります。だから狂言がうまくできると。太郎冠者、女、商人、どれをやろうとまっすぐな目線で役にぶつかれば、ふくよかさ、やわらかさが観客に伝わって舞台を楽しんでもらえる。生き方、人柄と芸はとっても関係が深いように思います。30、40代には思わなかったことです。

慎重に入念に自分の芸を練り上げる

石黒　受け継いだ「型」を自分なりに変えることに、あの「釣狐」でもそうですが、大変慎重です。

野村　若いときに頭で考えたことを型に反映させるのは無理です。師匠がいなくなって自分の世界になったときにはじめてできる。僕の場合で言えば、父を離れて叔父の芸を取り入れたことですね。父に習っているときは叔父の芸質は認めなかったんです。父は写実性もあるが様式の勝った芸で、叔父は祖父の芸の写実性を色濃く持っていた。二人ともいなくなった今、自分の目線から両者を平等に見られます。「老武者」ほか難しい老人の役を演じるときは祖父のイメージを追っている自分を感じます。

石黒　まさに、無尽蔵な芸の世界ですね。

野村　最近では「三番叟」も変わりました。これは素晴らしい舞踊で、鋭敏に動きめでたさを出すんです。若いときは習った型を鋭角的にきちっとやることで、めでたさが現れていました。今の年齢では体力がなくなっているから若い頃のようには出来ない。でも心の部分でめでたさを表現すれば鋭角の動きに対抗できる。力を内にこめて少し動いて倍の速さ、倍の動きに見えるやり方へいくんです。でも最初から心があっては駄目ですね。それは個性になり、実は癖になって芸の進みに妨げになるんです。

個性は忘れて、初心の未熟さを忘れないこと

石黒　最近は個性を大事にと言いすぎるきらいがあります。何が個性かわからないうちに、

無理やり決めつけているとしか思えません。

野村　そうですよ。先日5歳の子が入門してきましたが、周囲の弟子は僕が教えているのを聞いて、音感がいいと言うんです。僕が口移しで、大きな声で謡って教えるんですが、その年頃はとっても素直に師匠の真似ができる。だから音感がいいと言われる。ところが20歳ぐらいで入門するプロ志向の生徒は、個性がありすぎるんですね。自分を無くして、個性は後にして、と一生懸命、口移しで直すんですが、最初が一番肝心です。初期の段階でやらなきゃならない。世阿弥が初心を忘れるなと書いていますが、これは「初心の未熟さを忘れちゃいけない」ということ。つまり自分が最初に狂言を習ったときはこんな癖があってこんな具合に先生に怒られた。そういうマイナス部分を忘れちゃいけないということなんです。

石黒　基本をしっかりと身につける年ごろが、特に大切なんですね。

野村　今、現場でお客さまに喜んでもらう演技と、僕が本質的に狂言はこういう芸をしてほしいと思う演技とにズレがありますね。現場で喜んでもらいたいという欲求にウエートがかかると、直すのが難しいんです。それは喜ばれるけど、オーソドックスな狂言の芸じゃない。たとえば「みどもは用事あって山ひとつあなたへ参りたい」という言葉があったとすると、今の言葉では、「参りたい」という部分が強調されます。ところが本来の狂言だと、「山ひとつあなた」が強調される。「まず急いで参ろう」なら「急いで」が強調されるのに、現代では「参ろう」に強さがくる。最後に意志がついている。そこが強調される。すると、古典の柔らかい、おおどかな抑揚と変わってしまうんです。現代的、現実的になりすぎる。これは狂言の良さのひとつに、大らかさというのがあるなら、それを維持できるかどうかに関係してくるんですね。そういう問題が言葉の一つひとつにあると感じています。

狂言の様式美をつきつめていく

石黒　万作さんは、将来の狂言について「狂言のごちゃごちゃしたところを刈り取った、様式美をつきつめると、最後は能に近づく」とおっしゃっています。

野村　能は一種、舞踊的なものです。狂言は劇ですが、舞踊を基本にしている。だから動作も語りも、様式美を大事にしてきたわけです。それをつきつめて先の「釣狐」のように、紋付袴で素面でやって、衣装や面をつけている以上のものを表現できれば、それは能の質と共通したものになる。もちろん狂言として喜劇的、人情劇的、ときに悲劇的だったりもするでしょうが。歌舞伎とも、現代劇とも違う能のよさというのは、幽玄という実在、通常のリアルを超えた重みにある。そういう重みが狂言にも含まれていますから、そこに陽を当てると、一種の能になるんじゃないかな。チャップリンや森繁久弥も喜劇役者を超えたシリアスな素晴らしい表現を後年に出している。そういう質が、狂言の世界にもあっておかしくないと思います。

石黒　また一段と高い新境地を開かれようとしている、そんな気がしました。直面の「釣狐」は、ぜひとも観てみたいですね。素晴らしいお話をうかがい、有難うございました。

第2章

太郎冠者の語りに酔う

野村万作

後日の円卓にて

至芸の境地

厳島神社に万作さんの直面の「釣狐」を見に行った。装束も何もつけずに素で見せる境地は圧巻だった。（石黒）

別の機会に太郎冠者の万作さんを拝見した。気楽に笑え、すごく楽しかった。演目が「隠狸」だったのは偶然。（内田）

緻密な芸

豪放磊落といわれた父の六世野村万蔵と違うタイプの、世界をつくり上げた。（石黒）

他ジャンルの見聞も広く、懐の深い芸が魅力的。（内田）

違いのわかる男

もろもろやっぱりそうでした。（村松）

大学の先生

インテリであり、狂言方としては二枚目過ぎる感も。（石黒）

狂言のイメージと違うような。（松尾）

スーツ姿なら、「理系の学者」で違和感がないかと。（村松）

型とイノベーション

万作さんと話して腑に落ちた。研ぎ澄まされた型の伝承に、たゆみなく取り組み、60歳過ぎてやっと自分の工夫を入れる。基本の上に真のイノベーションがある。（石黒）

一瞬で空気を変える声

能狂言はわからないけれど、試しに出された声が素晴らしかったです。（村松）

実際のお声にビックリ。大柄ではないけれど、舞台姿は大きいのでしょう。（松尾）

和装

着物姿が決まっていました。（松尾）

さすがの着こなし。日本の男も、着物を大切にして、もっと着て欲しい。（石黒）

好奇心への道標

『太郎冠者を生きる』野村万作著（白水社／1984年）

『狂言記』橋本朝生・土屋洋一著（岩波書店／1996年）

『狂言三人三様　野村万作の巻』野村萬斎・土屋恵一郎編（岩波書店／2003年）

3

遺伝子学者

村上和雄

Kazuo Murakami

第3章

心と遺伝子から、生命の謎へ

村上和雄
Kazuo Murakami

遺伝子学者。筑波大学名誉教授。世界に先がけ、高血圧の黒幕である酵素「レニン」の遺伝子解読に成功し一躍世界から注目を集める。現在はノーベル賞候補とされる注目の科学者。最先端の遺伝子工学の研究から「感性と遺伝子はつながっている」ことを究明。その飾らない人柄と軽妙洒脱な語りで講演の回数も多い。

村上和雄博士は、世界に先駆けて高血圧に関係するヒトレニンの全遺伝情報解読に成功し、バイオテクノロジーの泰斗として知られる科学者である。遺伝子研究から、人知を超えた〝サムシング・グレート〟の存在を確信され、多数の著作、講演を通じてその不思議な世界を世に知らしめてこられた。現在はまた、遺伝子の潜在的な能力の開拓や「笑い」の医療への活用など、心と遺伝子をテーマにした研究も推進されている。ひたすら謙虚に前向きに、生命の謎を追究する科学者の純粋な志に触れ、38億年の生命進化の不思議に眼を瞠った。

愉快な講演のできるまで

石黒　昨秋、村上先生の講演を聴く機会に恵まれました。「遺伝子のスイッチ・オン」をテーマに、人間のもつ無限の可能性についてのユーモアあふれる話しぶりで、楽しませていただきました。講演は昼寝に適した午後の3時ごろでしたが、一人も寝ていませんでしたね（笑）。奈良のご出身らしい関西風のノリで、もって生まれたセンスでしょうか、あるいは眼っている遺伝子をオンにされたのか、興味があるところです。

村上　私は筑波大学に長くいましたが、大学の基本構想の一つに「開かれた大学」がありました。筑波大学に門がないから開かれた大学というわけじゃなく（笑）、税金を使う国立大学として、国民のみなさまへのお返しに研究の成果やテーマを知ってもらう講演をやろうということなんです。三十数年前から私も含めて公開講座を行ってきました。ところが大学の理系教師は一般的に話が面白くないんです。難しくて分からないと評判が悪い。そこで一般の人にも分かりやすいように心がけてきました。

石黒　講演では、実に楽しそうに話されていました。あれは気持ちいいだろうと思いましたよ。

村上　よく聴いていただけるときは気持ちいいですね。しかし一番前で寝てる人もいますよ。

講演前から寝ていて、いびきをかいて。そのいびきで眼を覚ました人もいました（笑）。それはともかく、もともと関西風なところがあるのと、努めて分かりやすくしてきたことの両方が、今のスタイルになっています。

サムシング・グレートのメッセンジャーとして

石黒 数多くの著作を出されるかたわら、講演回数も多いと聞きました。

村上 本は40冊以上、講演は不定期ですが年間100回を超えます。最初に出した『生命の暗号』は15カ国で翻訳され、多いときは20回くらいが海外のオファーです。

石黒 さらに、テレビ出演、広島での国際平和会議の総合司会、最近では東北大学の川島先生との往復書簡など、八面六臂のご活躍です。先生を評して、「知情意」知性と感情と意思の三位一体をもつ科学者だと言われた方がいました。

村上 それは光栄なことです。

石黒 私からみると、それにパワーを加えた「心技体」を備えた生命科学者だと思います。

村上 相撲みたいですね（笑）。

石黒 それにしても、海外を含めて100回の講演となると、なにか使命感みたいなものがないと出来ないと思いますが。

村上 私はサムシング・グレートという生命や宇宙を包む偉大な存在を感じています。そのメッセンジャーになりたいんです。今は、科学者がサムシング・グレートのメッセンジャーになるべきと思っています。至らない点はありますが、その一員として活動したい。

石黒 スケールの大きな話ですね。イスラームでいえば、アッラーの神のメッセンジャーはモーゼであり、イエスであり、ムハンマドですから。

村上 63歳で大学を退官したとき、私は大学を卒業したと思いました。18歳の入学以来大学しか知らなかった私が、社会人一年生になる、そう思えたんです。私は思いが遺伝子の働きに影響を及ぼすと語っていますが、今回身をもってトライしたんですよ。定年後に稲の遺伝子の解読をやりましたが、この成果はほぼ永久に残る可能性がある。この研究ができたのは人生がこれから始まると思ったから。そして今、心と遺伝子の関係について研究しています。心の深い作用まで究めたい。心にはいろんな段階がありますから。

石黒 先生の提唱するサムシング・グレートは、「すべての生物の親のようなもの」ということでしょうか。「万物に精霊が宿る」といった世界で育ってきた私たちには、すんなりと受け入れやすいと思いましたが、絶対神を戴く人たちにとってはどうでしょうか。すこしこだわりがあるような気もします。

村上　絶対神の宗教だとサムシング・グレイテスト、自分の神が一番になります。リムシング・グレートは少し、あいまいですね。サムシングだから、どう解釈してもいい。宗教を持たない人にも、生きることの素晴らしさや遺伝子の不思議さを理解してもらうために、思いついたんです。

アンテナを研ぎ澄ましてとらえた「出会い」のタイミング

石黒　先生は京都大学の博士課程を出て2度留学され、10年アメリカにいらっしゃった。2度目の留学で、のちにノーベル賞を受賞されるスタンレー・コーエン先生に出会い、そこで「レニン」というモノに出会う。そして、恩師の満田久輝先生の引き合いで新設間もない筑波大学に任用され、「ヒトレニン」の遺伝子の解読に世界で初めて成功されました。

成功に至る過程でキーになる人、モノとの出会いを見事に活かしてこられたと思います。誰にでもこのようなチャンスはあると思いますが、その「運命的な出会い」をなかなか活かしきれない。「レニン」の抽出のために35，000頭の牛の脳下垂体から取り出す気の遠くなるような話とか、「ヒトレニン」の解読で行きづまっていたときに、ハイデルベルクの酒場で遺伝子工学の権威である中西重忠京都大学教授と偶然に出会い、それをきっかけに一気に解読まで突き進んだ話などは、ドラマそのものです。

村上　自分で意識していませんが、結果的に大変いい出会いに恵まれました。哲学者・森信三は「人間は出逢うべき人には必ず逢える。一瞬遅からず一瞬早からず」と語っています。出会いにもタイミングがあるんですね。問題意識のないときに出会っても、何も残らない。実を結ぶためには、自分にやるべきこと、使命感がなければなりません。そのときの出会いは、偶然に見えても偶然じゃないと思います。それをキャッチするために常にアンテナを磨いて問題意識を持つことが大切です。

石黒　棚からぼたもちは、そうはおこらない。

村上　絶対やり遂げたい強い思いも大切です。私自身は、科学者としての自己評価はそう高くありません。だからこそ外との出会いを大切にします。自分にないもの、技術、情報を持っている人は重要な存在です。実力以上にうまくいっていると思う場合もありますが、誰かに助けてもらっているんです。

石黒　大学ゼミの栄養化学の満田先生との出会いも大きかったようですね。

村上　満田先生のもとで栄養化学をやり、酵素の研究に取り組みました。満田先生は、プラス発想の塊でした。学者は世界に通用することが大切だから、外国に行って一旗揚げなさいと強く勧められました。

石黒　文化勲章を受章された満田先生もコーエン先生もそうですが、先生の周りには長命の科学者が多いですね。生命科学者の成功の秘訣は、パワーに加えて生命力のように思えてきました（笑）。

村上　私は、これからメッセンジャーの役割をはたすために115歳まで生きるつもりですよ（笑）。

石黒　それこそ、遺伝子スイッチ・オンの生き方ですね。先生は、農芸化学からスタートされて、分子生物学、遺伝子工学、さらには生命科学と次々に分野を広げて研究されています。

村上　なにが専門か分からない（笑）。酵素や遺伝子のレベルでは、生物は共通の原理で動いていますから、学部は関係ない。理学部、医学部、農学部で取り組める。たとえば私は、アメリカでは医学部にいました。また酵素の研究に行き詰まったときに、新しい遺伝子組み換え技術が出てきました。まったく知らない分野でしたが、知らないからこそ飛び込んで行けました。

祈りが科学のテーマになる時代

石黒　〝Stay Honest,Stay Stupid〟というサブタイトルで、『アホは神の望み』という本も出されていますが、スティーブ・ジョブズの「かしこく小さくまとまるより大きな愚か者であれ」を彷彿させる本ですね。このなかで先生はお父上の話をされています。東大で自然科学を学んで宗教界に入り一生を過ごす。そして、自らの生き方を述懐して、世間の名望を求めなかったけれども、人生の奥行きや深みを見つめて豊かな生涯を送ることができたと。先生は、ごく身近なところで本物に出会ったんだと感じました。

村上 私は今でも、自分のルーツは父との生活にあると思いますが、これこそサムシング・グレートですよ。でも父のように宗教家になるほど真面目じゃないもので、科学の道に入りました。科学者はある意味信仰者です。この宇宙、生物には法則や真理があるはずだと信じるんです。アインシュタインは「私は真理の伝道者」といいましたが、真理があるかないか分からないのにあると信じて、それを見つけようとする。それが科学です。科学以前は哲学、神学がその役割を担いました。しかし、21世紀は再融合の時代だと思います。宗教的なものと物質科学が融合するか、補い合う。両方がなければ人間は分からないでしょう。

石黒 たしかに、ニュートンも自身のことを自然哲学者といっていますね。神をたたえるために始まった自然の成り立ちを探ることが、科学として特化することによって宗教から離れていった。その科学の世界で、宗教色を出す発言はタブーなんでしょうか。

村上 一種のタブーですね。でもお酒を飲むと本音がでてきますよ。ナイトサイエンスと言ってますが（笑）。生命現象は不思議ですからね。こんな不思議なことはでたらめには起こらない、わからないけど、何かがあると。

今、物質重視の西洋医学と、東洋医学ほか、心を利用してきた伝統医学を融合・統合する統合医療が進んでいます。

アメリカ人の5割はもう西洋医学を信じておらず、鍼灸、マッサージ、瞑想、アロマそして〝祈り〟の治療も受けているんですよ。さらには祈りをテーマにした医療研究をアメリカの一流大学が、本格的に始めています。アメリカ政府は統合医療の研究に資金を提供し、専門の研究機関を設けています。

日本ではまだ抵抗感がありますが、私たちは祈りと遺伝子の研究に関心を持っています。治療効果に差があるなら、遺伝子への働きかけがあるはずです。どの遺伝子が祈りに反応するのかがわかれば、宗教と科学がつながりますよ。

石黒　そうなると、遺伝子が宗教のあり方を変える可能性もありますね。

村上　でも両方からバッシングを受けるでしょうね。宗教家は祈りという聖なる行為に科学が土足で踏み込まれる抵抗感を持ち、白眼視するでしょう。科学者からはやはり似非科学のそしりを受けるでしょう。そんなバッシングを受けながらも、すでに進みはじめています。

石黒　先生ご自身も、遺伝子オンの研究テーマで「笑い」を取り入れた実験を発表されて、世界的にも注目され、日本でもずいぶん取り上げられました。ノーマン・カズンズの『笑いの治癒力』を超えた実践的な試みだなと思ったのをよく覚えています。

村上　「笑い」によって、糖尿病患者の血糖値が下がることを実証しました。この公開実験は、私たち研究者がお笑いの吉本興業と組んで大学でおこなったわけですから、面白かったですね。まさか、吉本興業と一緒に仕事をするとは思いませんでしたが。

石黒　最近、私も血糖値が上がり気味なもんですから、「笑い」をとり入れた方がいいのかなと思っています（笑）。その実際の活用法はいかがですか。

村上　健康教室や臨床現場で取り入れられています。この4月からは、土浦市の1、000床ある土浦協同病院で病院ぐるみの活動がスタートしています。心の和む笑いを軸に医療従事者と患者と家族の三者で講習を受けて実施します。これでデータが出ると医師からも注目されるようになります。

科学者の人間くささに触れて

石黒　DNAの二重らせん構造を発見してノーベル賞を受賞したジェームズ・ワトソンの『二重らせん』は、数々のエピソードが赤裸々に描き出され、下手な小説よりもはるかに面白い。

まさに金メダルしかない、過酷な世界の人間ドラマそのものです。この本が上梓されたときには、相当物議をかもしたようですね。

村上 ノーベル賞は先陣争いで、あらゆる情報戦をやっていますからね。嘘や捏造、ガセネタも飛び交う世界です。人間的に完璧ではなくてもジェームズ・ワトソンはすごい人物ですよ。ただ彼自身、一人で業績をあげたわけではありません。先人の積み重ねがありました。それをきちんとつかまえてジャンプしたのは評価できますが、ことさら手柄話をするのはフェアではないですね。

石黒 先行研究していたロザリンド・フランクリンという女性研究者については、遠慮容赦なくあからさまに書いていますが、あまりいい気はしませんでした。

村上 ワトソンが彼女のデータを取ったという話もある。背景を赤裸々に語るのはえぐいですね。科学の発見は一番を競いますから、論文を出すまで緘口令をひくケースが多々あります。でもちょっといじましい。私は、やりたいテーマはオープンにします。取られてもいいんです。逆にいい情報が入ったり、新しいテーマにつながったりしてメリットもありますから。まあ、科学の世界もえげつない部分はありますよ。あのキュリー夫人をめぐる恋の決闘の話まであります。

石黒 それは初耳ですね。偉人伝には出てこないエピソードです。

村上　ノーベル賞を2回受賞したキュリー夫人のイメージは、寝る時間も惜しんでラジウムの発見に力を入れた偉人です。1回目に一緒に受賞した夫のピエールが音を上げても、決してあきらめなかった。彼女の遺骨からは今もラジウムが出るくらい打ち込んだんです。しかし2回目のノーベル賞発表前日にキュリー夫人の不倫が大スキャンダルとして報じられます。通信事情が悪く、ノーベル賞選考委員が知らずに栄誉を受けました。1日遅れていたら分かりません。偉大なキュリー夫人も人の子だったんですよ。でもだからといって彼女の評価は下がりません。科学者も人間だというのが分かる。そんなエピソードを集めた本『科学は夜つくられる（仮）』を今度書きましょうか（笑）。

心と遺伝子の相互作用を究めて

石黒　20世紀の前半には、近代的な意味でのコンピューターは存在していませんでした。遺伝子もバイオ技術もそうだったと思います。それが、20世紀半ばにコンピューターが出現して、60年を経てITは社会の重要なインフラになったといっていいでしょう。全世界の情報量は、ゼタ・バイト（10の21乗）という途方も無い桁にまで急増し、氾濫しているのが現在です。まだまだマナーひとつ取り上げても未成熟なところはありますが、21世紀になってI

Tが下支えをするネットワーク社会に入ったことは事実です。
　そうした中で、分子生物学やバイオ技術の進歩も目覚ましいものがありますが、生命科学が「モノ」から「こころ」までカバーするようになるのだろうかと、興味が尽きません。

村上　ヒトの遺伝子の暗号も7、8年前に全部解読されました。例のジェームズ・ワトソンがリーダーで数千億円の資金が投下され、1、000名以上の科学者が関係しました。これから10年以内では、人一人の遺伝子暗号を10万円以内で読み解く技術が確立されるでしょう。

石黒　もうそこまで来ると、いよいよ実用レベルですね。

村上　技術革新はニーズがあれば飛躍的に伸びますから。遺伝子情報を10万円で分かれば、それに基づいたオーダーメード医療の時代が間違いなくきます。タバコをいくら吸っても肺がんにならない人もあれば、タバコを吸わなくてもなる人もいます。遺伝子の解読が進めば、「あなたはタバコで肺がんになるリスクが高い」という説明ができるようになります。20年以内に、一人ひとりの遺伝子に応じた医療へ変わり、ライフスタイルも変わると見ています。
　一方、好奇心の強い人と弱い人がいます。それも遺伝子の暗号配列が違うらしいことが分かってきました。好奇心という人の心の働きも遺伝子情報に関係しているわけです。私は、遺伝子の配列・働きが、心に影響を及ぼす可能性もあるが、逆に心の働きも遺伝子に影響を及ぼすと考えています。双方向で作用しあう。今後は特に心が遺伝子のオンとオフを、どう変えるのかが大きな研究テーマです。

石黒　「こころ」も遺伝子という「モノ」によって解明されてくると、人間をも含めた「生命とは何か」という主題も「モノ」で説明がつくようになるような気もします。

村上　生命の源は今の科学のアプローチだけでは分からないと思います。部品、パーツは分かるけれども生命のトータル、生命がどこからきてどこへいくかは分からない。永遠のテーマですね。科学のテーマでもあり、宗教、哲学のテーマでもあります。

石黒　たしかに、生命も宇宙のこともつきつめて考えていくと、限界がありますね。ビッグバン以降について説明する人はいても、宇宙創成の前のことになると、もはや仮説につぐ仮説にすぎない。先生は、生命のコピーはできるけれども、細胞1個もゼロからは造れないとおっしゃっています。

村上　その点では科学は大腸菌様に及ばない（笑）。無機物から有機物はできても、有機物から生命を生み出せない。でも、人間の知恵で何でも分かったら困るでしょう。結婚も、相手にわからないミステリアスがあるから結婚できる。分かっていたら結婚しないかも知れませんよ（笑）。

石黒　そうですね。私の科学者のイメージは、漱石の「三四郎」に出てくる野々宮先生でしたが、村上先生にお会いして、今日からイメージを変えることにしました（笑）。

村上　もうひとつ言えば、今世間でいう勝ち組とか負け組とかに分ける基準はナンセンスです。38億年かけて進化をしてきたのは、他人との比較で語るためではありません。みんな38億年を経た勝ち組なんだから、自分の花を咲かせたいですね。

石黒　最後に、皆が元気づけられるメッセージをいただきありがとうございました。これからも、サムシング・グレートのメッセンジャーとしての幅広いご活躍をお祈りしています。

後日の円卓にて

笑顔とジョーク

笑顔が本当に素敵です。（松尾）

構えずに、ニコニコして親しみがある。（村松）

話にはジョークを巧みに取り入れている。
言うそばから自分でお笑いになるのも、
素人らしくて好感が持てる。（石黒）

科学者も人間

キュリー夫人らを例に、
科学者も人間だよと示された。
意外にゴシップ好きな
一面もあって幅広い。（村松）
ナイトサイエンスの
稀有なタレントですね。（内田）

サムシング・グレート

やはり、この話が印象的。
究極の神のなかの神、親神を
発想して、科学と宗教の根源的な
話が面白かった。（石黒）
科学者であり、宗教者であるという
両面を見せて下さった。（村松）

講演を楽しみたい

徹底的にかみ砕き、数式を使わない易しい話が有難い。（石黒）
わかりやすくて、ぜひ講演を聴いてみたいと思いました。（村松）

教授から社会人一年生へ

大学退官後に
社会人一年生と思えるのがすごい。（村松）
海外で仕事をしたことがあるから、
視野が広いのだろう。（石黒）

笑いの効用

治療に笑いを生かす活動は、
各方面から注目されている。（石黒）
笑いで元気になることを
実践されているみたい。
笑いが長生きに
つながるのだなと
納得できました。（松尾）

勇気、元気の出る言葉

生命の設計図を決められているけれど、遺伝子を
スイッチオンすることで可能性がぐっと広がるという。
元気づけられ、勇気をもらった。（石黒）

好奇心への道標

『二重らせん』ジェームス・D・ワトソン著（講談社文庫／1986年）
『こころと遺伝子』村上和雄著（実業之日本社／2009年）
『スイッチ・オンの生き方』村上和雄著（致知出版社／2009年）

4

染織史家

吉岡幸雄

Sachio Yoshioka

第4章

自然への畏敬を染め抜いて

吉岡幸雄 *Sachio Yoshioka*

染織史家。京都の「染司よしおか」五代目当主。日本で古来から行ってきた植物染料のみを使った染色法で、日本の伝統色の再現に取り組む。東大寺、薬師寺などの文化財の復元や伝統行事の染色に携わる傍ら、染色技術を次世代に残すため執筆業、講演活動なども盛んに行う。

京都の染屋、「染司よしおか」五代目当主の吉岡幸雄氏は、植物染めを究めながら、日本古来の色を生む知と技とを今に伝える、色の旅人である。「正統なる異端」とも評される吉岡氏を、京都・伏見を流れる宇治川のほとり、水清き地にある工房に訪ねた。

帝王紫を追い求めたロマンに触れる

吉岡 今日締めておられるのは、私どもの貝紫のネクタイですね。

石黒 さっそく、見つけられてしまいましたか（笑）。新門前の店にお聞きして、吉岡さんらしい色ということでこれにしました。何ともいえない上品な趣のある色ですね。

吉岡 貝紫というのは、私の父が復活させました。染色の歴史を学んで、大昔のヨーロッパに貝で染める紫があったと知り、研究を始めたようです。文献を調べるだけでは飽き足らず、簡単に海外へ行けない時代にナポリへ行って貝を採り、染めてみたらちゃんと染まったんですね。そこでもう取り憑かれて世界を歩き回り、亡くなるまで約80カ国、貝紫を求めて旅を続けました。中東の貝塚を訪ねたり、遠く南米のペルーへ行ったり。メキシコでは現在も貝染があると聞きつけて、辺鄙な砂漠にまで行っています。

石黒　まさに、飽くなき探究心ですね。そのお父上をモデルに、作家の芝木好子さんが書かれた『貝紫幻想』（河出書房新社）を読みましたが、一途に思いつめる染物師の雰囲気を感じ取りました。

吉岡　芝木さんはここにもよく見えて、たしかメキシコにも一緒に行かれたと思います。

石黒　そうですか。『貝紫幻想』の主人公はメキシコで消えるようにいなくなりますが、それで納得がいきます。

吉岡　製法はといいますと、アカニシという系統の貝に、パープル腺という対敵を痺れさせる液を出すところがありまして、その液で染めて、太陽光を当てると紫が浮き出してくるんです。犬がその貝を食べて、口の周りが紫になったことから、わかったという伝説もありますよ。

石黒　それにしても「帝王紫」とは、よくぞ名づけたものです。アレキサンダー大王、シーザー、そしてクレオパトラが好んだ色、さらにはビザンチン帝国の崩壊とともに消えた色となると、たしかにロマンを駆り立てられますね。

吉岡　洋の東西を問わず、紫は高貴な色といわれます。中国、日本の紫は紫草の根で染めます。中国の都が内陸にあった影響でしょう。いずれにしても不思議な色で、染めるのも難しいですよ。

200年の家業を継いで、植物染めの道へ入る

石黒　実は、工房にお邪魔するにあたって、勝手に宇治川沿いの庵を想像していたのですが、住宅街に入り込んできましたので、これは意外でした。

吉岡　昔は、染屋が軒を連ねる街中の四条西洞院にいたのですが、第二次世界大戦後に当地へ移ってきました。周辺には造り酒屋が多く、質のよい水に恵まれ、染色にも大変よい場所ですね。

石黒　染屋として200年の時を刻まれていらっしゃいます。

吉岡　先祖を辿ると、宮本武蔵と立ち合った吉岡道場に行き着くんですよ。吉岡道場一門の子孫が染屋になり、「吉岡憲法染」と呼ばれる染物で有名になり、一世を風靡します。当家は、

その流れを汲む染屋のもとから、分家独立して始まりました。初代、二代は植物染めに携わり、三代目では化学染料を取り入れましたが、父が四代目となって、再び植物染めに戻ります。

石黒　吉岡さんは四十歳を過ぎて、それまでの仕事をおやめになって戻られ、五代目をお継ぎになったとか。

吉岡　戻らされた（笑）。長男ですから、跡を継ぐものとして育てられましたが、どうしても家業を美しいと思えませんでした。大学を選ぶときにも、いかに染屋を継がずにすむかばかりを考えていましたので、早稲田大学第一文学部に入りました。

石黒　卒業されてからは美術工芸の出版社にお入りになり、後に琳派の本を出されるなど、優れた功績を挙げて幅広く活躍されてきました。

吉岡　美術工芸の出版の仕事ができたのは、家系のおかげです。祖父も叔父も絵描きでしたし、家には美術の本がたくさんありました。子どもの頃から、美術はあえて学ぶものではなく、身近なものでした。

石黒　もともと素養をもっておられたんですね。

吉岡　戻って最初に考えたのは、植物染めを徹底すること。染色で古いものは良いのに、近年のものはそれに及ばないのはなぜか、という思いが自然と出てきました。昔のようにやり切っていないところがある。父の掲げた復古主義にこだわろうと思ったんです。幸い、福田伝士さんという先代からの染師もいて、一緒に試行錯誤しながら、色を追い求めてきました。

石黒　ほかの領域で仕事をされて、そこで開かれた視野が現在の多面的なご活躍につながっているのだな、と感じます。

日本の色を描き出す

石黒　水上勉さんが『色の歴史手帖』（ＰＨＰ研究所）の序文で、吉岡さんを「京都で数少ない古代染めを生業とする希な人」と紹介しておられました。

吉岡　私は昔どおりの職人のやり方で、植物染めを伝統的にやっていこうと決めました。まずは文献の読破から始めて、染師の福田さんに意見をぶつけ、二人で練り上げていきました。面白いもので、染色は数をこなすほどに、文献の行間も読めてきます。そして確信に行き着けば、刈安なら刈安の色、藍なら藍の色がぶれずに出せるようになります。

石黒　植物染めの色は多彩で一品一様ですから、そのものを見てみないと、色表現だけではわかりませんね。最近出された『源氏物語の色辞典』（紫紅社）では、源氏物語五十四帖の色を実に鮮やかに描き出しておられます。

吉岡　まずは、原文を読むところから始めました。あらためて、紫式部の偉大さを実感しましたね。取材能力が半端じゃない。季節と着物のニュアンスをしっかりと踏まえて書いてあります。夏の頃なら、早めに秋のものを着ると涼やかに見え、涼しくも感じますが、そんな先取りの先進性まで書いてある。

千年読み継がれてきたのには理由がありました。日本人の色彩感覚は季節感としっかり結ばれていて、和歌もそうですが、古来より季節感を色としてどう表現するかに重きを置いていたのだな、と感じます。今の日本人は季節を読み取る力をもっと大切にすべきです。

石黒　「襲《かさね》の色目」は古来の配色法であると言葉では知っていますが、そのような複雑な色合いを実際に染め出すには、ご苦労も多かったでしょう。

吉岡　やはり先人の知恵に学ぶことが大切です。いつも今が優れていると思うのは間違いです。先人に学べば学ぶほど、「いい失敗」をたくさん遺していてくれたことがわかります。

石黒　現代人は、人間は常に進化していると思いがちですが、本当に進化しているかどうか疑わしいことも多くある（笑）。

吉岡　正倉院の宝物や源氏物語を見ると、色に関しては、退化しているんじゃないかと思います。織田信長や豊臣秀吉らの生きた安土桃山時代にはやや持ち直すのですが、また大衆化して落ちていきます。

石黒　吉岡さんは、奈良薬師寺三蔵院に掲げる幡五旗や伎楽装束などの再現をなさり、日本の色を取り戻してこられました。再現には、ご自分の想像が相当入るのですか。

吉岡　今の色は褪化していますから、それを意識的に戻します。文献を読み解いてはば間違いのないものが半分、あとの半分は、根拠はあるのですが、私が創作的に出した色です。一般に今の日本人が目にする日本の色のイメージは、侘び寂びが勝っていると思うのですが、本来はそれとは違い、鮮烈な色だったんです。権力者は鮮やかな色を好むものですからね。昨今の風潮として、黒色を基調とするものが好まれていますが、色表現としては残念ながら乏しくなりました。

石黒　たしかに、日本人は色表現に無神経になったような気もします。「甕覗《かめのぞき》」と聞いても、藍染めのジャパン・ブルーにつながる薄い水色はなかなか想像できません。それでも、最近読んだ本で、行き届いた色表現にうれしくなった本があります。インテリジェンス小説というジャンルを確立された手嶋龍一さんの『ウルトラ・ダラー』『スギハラ・ダラー』です。国際的な政治や経済界を舞台にしたもので、ヒロインの着る着物の色、柄などの表現が見事でした。

吉岡　元NHKワシントン支局長をされた方ですね。

石黒　そうです。たとえばですが、「越後上布の反物をひろげていた。北国の粉雪を思わせる白地に、青海波の絵絣が織りだされている」と、雪さらしの情景が眼に浮かんできます。『スギハラ・ダラー』ですと、「利休色の小紋に朽葉《くちば》色の夏帯をきつめにしめている。着物には萩をちらし、帯には撫子を配して初秋の訪れをさりげなく表している」と、先取りの繊細さのある表現がいいですよ。

吉岡　最近は色表現に鈍感な本が多いですから、面白そうですね。

手仕事のよさを世界に再認識させる

石黒　先日、上海万博のバッグを見ましたが、「衣食住行」の絵が描かれていました。西洋では「Food, Clothing, Shelter」で食が最初に来ます。東洋では風土の違いでしょうか、衣が一番に来る。

吉岡　一番に来る衣の原点を、もっと見てほしいですね。自分の着ているものは一体どこから来るのか、どうやって出来ているのか、今答えられる人はごくわずかだと思います。コットンとはどういうものか？　蚕の繭はどうやってできるのか？　麻とは？　全部頭から説明しないと、なかなかわかってもらえない。今は既製品、完成品が多いのですから、そうすると人はものを考えなくなってしまう。

石黒　機械文明や技術革新などの荒波をくぐって新しい世界に入ると、それまでのやり方を忘れてしまう。まさに、文明の歴史はその繰り返しでしょう。特に、植物染めの世界は、化学染料や化学繊維が現われ、これまでの手作りの世界が無くなってしまった。

吉岡　最近になって、私は欧米各地で学会や業界の集まりに呼ばれて、植物染めの講演をやりますが、向こうの人は皆びっくりするんですよ。化学染料オンリーに染まっていて、150年前はあなたの国でもやっていましたよ、と言っても信用してもらえない（笑）。ドイツでは、材料を現地調達して実演してやっと信用してもらえました。英国では、学生の一人が自分たちの先祖が植物で染めていたことなど知らず、その事実に衝撃を受けて、日本のこの工房まで追いかけてきて、滞在したこともあります。欧米では、新しい科学技術が生まれると、その導入は徹底していますからね。さすがに、近ごろは行き過ぎたことへの見直しの動きも始

りましたが。

石黒　科学至上主義に対する揺りもどしの指摘は、いつの時代にもありました。色でいえば、なかなか手ごわい本ですが、ゲーテの「色彩論」でしょうか。ニュートンがスペクトルを見出して、光学研究の中で色を定義したことは有名ですが、その100年後にゲーテは、色を理解するには科学的な認識だけでは不十分だと大胆にも批評しています。あの詩人ゲーテが自然科学の巨人に対して、人間らしさへの回帰を指摘したところが興味深いところです。

吉岡　それほどに、欧米の先進国では化学染料と植物染めもそうですが、断絶が激しいんです。翻って日本は、うちのような植物染め一本の染屋も毛細管のように残っています。漆や陶器の世界でも古いやり方を貫く人が残っていますし、昔ながらの和紙を漉く人たちもいる。

石黒　日本には脈々とつながっているよさがありますね。

吉岡　懐の深さが日本の特徴です。日本で草木染め、植物染めというと、最近ではなんとなくエコロジカルなイメージを作っていますから、わざわざ講義しなくてもわかる。欧米では、まず1850年代の産業革命から説き起こさないと話が通じない。向こうの人は、僕らがマジックをやっているとさえ思っているんです（笑）。

石黒　柳宗悦さんは、昭和15年ごろのことを述べた『手仕事の日本』（岩波書店）のなかで、今ここで話しているようなことを書き記しています。機械文明で手仕事が滅んだが、日本ではわずかに結城紬と黄八丈、琉球紅型などによさが残っていると。今はもっと状況が変わっていると思いますが。

吉岡　瀕死状態に近いかもしれません。柳さんは手仕事について語っただけでなく、実践もされましたね。ヨーロッパでも、印象派の画家たちは産業革命への抵抗としてパリから離れ、田舎に住み、昔の生活をするべきという考え方からああいう絵を生みだしました。必ず反動はあります。その実行と継続で、日本は群を抜いています。

石黒　それは心強いですね。新しい科学技術と人間らしさを大切にしたハイブリッドな方法を考えるのは、ある意味では永遠のテーマです。

植物染めをいかに後世に伝えるか

石黒　吉岡さんご自身が工夫を重ねて切り開いて来られた植物染めの伝承については、どのようにお考えですか。

吉岡　秘密にしていたら滅びますから、技術の一切を公開します。福田さんと私とで確立した理論、データは嘘偽りなく公開し、工房に来ている弟子にも、たとえやめても、その翌日から同じものをつくってもいいよと言っています。

石黒　そこまで、オープンにしておられるとは。

吉岡　最近では京都工芸繊維大学の先生方による、職人の手の動きを立体的に再現するための映像保存を拝見しました。伝えるということではとてもいい試みです。それと、材料への目配りも大切ですね。染色の素材は薬草等と同じカテゴリーになりますが、私もご理解のある農家の方々と協力して取り組んでいます。

石黒　寺社へ行事用に納めるものも、伝承の形の一つですね。

吉岡　たとえば東大寺のお水取りでは、修行の僧侶が、私たちが紅花から染める和紙を使ってお供えの造花をお造りになります。お水取りは西暦752年から一回も休むことなく今年で1259回を数えます。世界にも例を見ない行事を支えて行かなければなりません。父の代から50年やってきましたが、3人で2カ月かかります。

東大寺のお水取りでお供えされる椿の造花と紅花染和紙（手前）

石黒　そういえば、冷泉家の乞巧奠《きっこうてん》の儀式にも納めておられると、ご当主の冷泉為人さんにうかがいました。

吉岡　伊勢神宮の遷宮や石清水八幡宮、薬師寺などもそうですが、こうした年中行事は、必ず正式にやっていただきたいと思います。それが伝統の産業を前向きに盛り立てることになるのですから。

いろいろの色は自然の恵み

石黒　「色」という漢字は、人が人を抱える形を表し、それが美しさにつながって色になったと聞きました。

吉岡　色彩という言葉で見ると、色は今おっしゃったように男女の交歓を表し、彩は木の実がなることを表し、植物から色を取っていることを示します。

石黒　そのように考えると、色の世界は森羅万象すべてに関わりながら広がっている。

吉岡　人間が色にこだわったり、色を求めたりするのは、自然に対する尊敬の気持ちに由来すると思います。自然のつくる色彩、山の緑、花の色……ああいう色を身近におきたい気持ちから出てくるのでしょう。目標にするのは自然界の美しさです。特に日本人は色の名前のつけ方に、特徴があって自然の四季の移ろいにはまる名前が多い。桜色と聞けば、ぱっと自然の桜のイメージが浮かぶ。自然に対する畏敬の念が、日本の色の原点です。

石黒　今日は、「帝王紫」に始まって日本の文化論まで、色をめぐる多彩なお話を有難うございました。

後日の円卓にて

街中の工房

里山の工房をイメージしたが、
街中の工房で印象が違った。（石黒）
門を入るとすぐ、鮮やかに染められた布や、
草木の素材が綺麗にディスプレイされていた。
素敵なアレンジに、柔らかなおもてなしの
心を感じました。（村松）

勝負ネクタイ

帝王紫のネクタイを購入。
ここぞというときに締める
勝負ネクタイになっている。（石黒）

歴史への挑戦者

昔の人、技術に挑戦しているという。
チャレンジを続けて止まっていない。（石黒）
技術もすべてオープンにして、
来る者も拒まない。
絶対後世に伝えていくんだという
強い意志を感じます。（内田）

多彩なる役割

伝統文化のプロデューサーであり、
ディレクター。（内田）
職人さんをまとめる経営者でもあり、
多彩な役割を担っている。（村松）

本物を極める姿勢

どこまでも本物を追求する姿勢が素晴らしい。我々も本物を見る目を養うべき。（石黒）

大量消費の世界ではなかなか理解を得るのは難しい。（村松）

アイデアも発想もあるのにもったいない。よく理解し、支えることが必要だろう。（石黒）

二人三脚

伝統の知や文化をうまく人に伝える吉岡さん、巧の技で支える卓越した職人の福田伝士さん。その二人三脚が光る。（石黒）

紫のゆかり

ドキュメンタリー映画「紫のゆかり」の制作は、行動力の一例ですね。（石黒）

東大寺、薬師寺などのお仕事は、さすがです。（村松）

好奇心への道標

『貝紫幻想』芝木好子著（河出書房新社／1989年）
『日本の色辞典』吉岡幸雄著（紫紅社／2000年）
『日本の色を染める』吉岡幸雄著（岩波新書／2002年）

5

中国語学者
相原茂
Shigeru Aihara

第5章

中国語は理解への広い門

相原茂 *Shigeru Aihara*

中国語学者。東京教育大学修士課程修了。中国語学、中国語教育専攻。明治大学助教授、お茶の水女子大学教授等を経て、ＮＨＫのラジオ・テレビの中国語講座を長年担当。現在中国語教育の第一人者としてマスメディアで活躍中。ＴＥＣＣ中国語コミュニケーション協会代表。

相原茂氏は、長年ＮＨＫのラジオ・テレビ中国語講座の講師を務めるなど、一般にもなじみ深い中国語の先生である。初級から中級以上まで各種の中国語の学習書に加え、中国語から中国人、中国文化まで幅広いテーマを取り上げたエッセイを著し、人気を博している。彫りの深い体験と研究そのままにダンディな相原先生と語り合ううちに、今まさに勢いよく発展を続ける中国、そして主張の強い中国を解釈するヒントが、くっきりと浮かび上がってきた。

今の中国をどのようにご覧になりますか

石黒　最近の中国をみていると民族、格差、腐敗などの問題を抱えながらも、昇竜の勢いを感じます。ことあるたびに起こる外交摩擦も気になりますが、中国と長いお付き合いをしてこられた相原先生からみて、今の中国の状況をどのようにご覧になりますか。

相原　私は中国語を学び、中国の古典、小説を読み、芸術に触れ、この民族はすごいなと思

ってきました。政策が変わって、自由なビジネスができるようになったこともあって、もともと優れた民族ですから、発展するのは当然だと思っています。

石黒　19世紀の初頭までは世界最大の経済大国であったわけですから、これからも紆余曲折はあるでしょうが、世界の中心に返り咲く可能性は大いにありますね。

相原　この勢いで、今後もいろんなことをやってくれるでしょう。それと、大きなわりには中国は、変化への順応が早い。日本人はそんなに素早くありませんから、下手をすると日本は置いていかれて、相手にされなくなるんじゃないかという危機感すらあります。

石黒　私たちのＩＴ業界でも、オフショア・ビジネスから、ここ数年で大きく変わって来ました。

相原　オフショアというと、日本企業が作りたいモノを中国の会社に注文して、向こうの人に作ってもらうというかたちですか。

石黒　そうです。それが、日本企業の急激なアジア・シフトの中で、私たちも大連、上海、広州に拠点を設けて、中国向けのビジネスをスタートさせています。

相原　そうですか。変化のスピードは速いですね。ついこの間まで日本側がお金を払っていたのが、昨今ではお金を払うのは中国側に変わってきた。

石黒　これまでは向こうが日本語を話しましたが、これからは少しは中国語を話せないと今まで通りには行きません。今日は、中国語教育の第一人者である相原先生とのお話を、大変楽しみにして来ました。

好きになってやり続ける工夫、「マイ・ジョーク」を持つ

石黒　身の程知らずのことを「班門弄斧《はんもんろうふ》」というそうですが、あえて中国語の話題から斧を振ってみたいと思います。中国経済の国際的な地位向上もあって、中国語ブームが加速していますが、ネットでは世界中で4000万人を超える人たちが学んでいるとありました。

相原　中国には「アメリカ一極、許すまじ」という感覚があり、言葉も「英語一極、許すま

じ」と思っています。そのために、世界中で中国語や中国文化を教える孔子学院を設けるなど、国策の一つとして言語教育に力を入れています。ある意味では心強い面もありますが、半面、怖さもあります。

石黒　もはや、国策ですか。

相原　すでに、中国語は世界中で最も話されている大言語ですが、更に広がっていくのは間違いない。どこの国に行ってもそうですが、その国の言葉が少しでも話せると、心が通う気持ちが生まれます。特に、中国人にはそれを感じますね。ところで、中国へ頻繁に行かれるようになると、宴会がつきもので大変でしょう。

石黒　そうですね。勝手にホスト役の席についたりして、随分と失礼なこともしました（笑）。

相原　宴会なんかですと、中国語の全然できない人が、友だちを示す「朋友《ポンヨウ》」と呼びかけて乾杯するだけで、急に打ち解けることもあります。

石黒　そこで、気のきいたジョークの一つも言えないかと、先生の『笑う中国語』（講談社）のCDを聞いていますが、なかなか笑えない（笑）。

相原　宴会でジョークを話したら、すぐに「あの日本人は話せる、面白い」と評価されます。中国人は実はジョークが大好きですからね。

石黒　「この一冊でダメならば、中国語はあきらめてください」とある『最大効果の中国語勉強法』（ＰＨＰ研究所）を手にしましたが、「続けることにつきる」とありました。

相原　日本にとって本当に中国が大事になりますから、多くの人に中国を正しく理解してほしいと思っています。理解するには、言葉が一番ですが、中国語をマスターしてもらうには、継続しかないんです。中国語から離れないことです。

石黒　そういえば以前の対談で、岡本綾子さんにゴルフの上達法を聞いたことがありますが、そっけなく「練習しかないですね」と突き放されました。

相原　同じですよ。語学は好きになってやり続けるしかないですが、それには自分流にアレンジが要ります。例えばですが、好きなジョークを暗記して「マイ・ジョーク」を持つのも一つの工夫です。それも、ただ暗記するのでなく、緩急のリズムを考えて十分に間合いをとり、一気にオチを明かす（笑）。ここまで来たら「芸」のレベルですが、楽しんで続けることです。

石黒　やはり、練習しかない。

中国語を音で学び、普及に取り組んできた

石黒　相原先生のホームページ「ＭＡＯ的小屋」によりますと、福島県の会津に生まれ、「漢

文をやって仙人になりたい」との想いで、東京教育大学（現・筑波大学）の漢文学科に入学とあります。そして、「都市の中で中国古典に沈潜し、何ごともなく老いていく風景にあこがれる」と。

相原　会津の出身で、少し偏屈なところがあるかも知れません。戊辰戦争、白虎隊の歴史を今も受け継いでいる土地柄ですから。私は言葉が好きでしたが、英語や日本の古典はどうも違うと感じ、漢文を選びました。一般的な青少年とは正反対の、世間離れの思いはあったでしょう。でも、だんだん中国古典も現代語で読むことが主流になり、現代中国語の勉強も始めました。すると生きている人間のほうが面白くなって、仙人になるのをやめたんです（笑）。

石黒　その後は、牛島徳次先生の漢語研究会に参加し、ラジオで北京放送の「記録新聞」のニュースを聞きながら勉強された。

相原　当時は国交もなく、日本に中国語を話す人も、教材もあまりないという状況でした。北京放送を高性能の受信機でとらえて、皆で聴いて何を言っているのか書き起こす学習をしました。中国語は漢字を見れば大体の意味はわかります。でも音だけで意味を捉まえるというのは初めての体験でした。日本人にとって、中国語は漢文や漢詩の世界として親しみがあります。ところが音で中国語をとらえようとすると、とたんに見知らぬ存在になってしまう。例えば「教育」「運動」「生活」といった語も漢字で見るとわかりますが、「ヂィアオユィ」「ユンドン」「ションフォ」という音になるとわからない。英語は音から入るからわかるんです。漢字は中国と日本に共通する財産ですが、それがあるために、音としての中国語が日本人になかなか身につかないのです。

石黒　修士課程を出てからは、明治大学、お茶の水女子大学で教鞭をとられて、現在は中国語教育の第一人者として、中国語コミュニケーション協会（TECC）の代表の立場でも活躍されています。

相原　TECCは、英語のTOEICのような検定試験です。1000点満点でコミュニケーション能力を測るもので、企業人向けにはちょうどよいと思っています。うまく普及、浸透してくれるとよいのですが。

石黒　その間に、NHKのラジオとテレビの中国語講座を10年以上も担当されて、テレビでは古畑任三郎のモノマネによる番組が、後々の語り草にもなりました。

相原　モノマネはたまたまやって見せたら似ていると言われ、本番で数回やってみたところ、評判がよく1年間続いたんです。それが中国語の普及につながったのはよかったと思っています。

エッセイの新たなジャンルを拓く

石黒　『雨がホワホワ』『ちくわを食う女』（現代書館）などの奇妙な名前の本を出されていますが、この中国語エッセイは、先生がつくった新しいジャンルでしょう。

相原　中国語を通して、中国の文化や異文化コミュニケーションを考えていこうという意図がありました。中国語を勉強していながら、なかなか壁を突破できず、中級のままさまよっている人、中国で仕事をして苦労している人がたくさんいます。そういう人たちに、コーヒーを一杯飲む気分で、ちょっと休みましょうと呼びかける思いもありますね。

石黒　コーヒー一杯とはいいですね。犬とか、猫のような日本語に似たオノマトペならわかりますが、擬音語の「ホワホワ」はまったく想像もつきません。

相原　中国人に言わせると、雨が「ざあざあ」と降る感じがあるそうです。「ががら」と戸をあけるのも「ホワホワ」、川が流れるのも「ホワホワ」です。

石黒　『ちくわを食う女』も題名がすごい（笑）。女性が駅の売店でちくわを買って食べる話でした。

相原　日本だと売店のちくわは、おじさんがコップ酒を飲みながらつまみにするものです。若い女性がそれをやっていたら、違和感があります。中国では女性だからしてはいけないことは少ない。日本に来た中国女性はちくわを平気で食べ、せんべいをばりばりかじります。翻って日本の女性には、せんべいは割って少しずつ食べるのがいいとされる淑女の文化がある。それは本には書かれておらず、少しずつ周囲の人が教育していくものです。でも中国の女性は、日本で暮らすうちに、後でわかって恥ずかしくなる。

石黒　日本でも淑女の振る舞いは少なくなりましたが、電車の中で化粧する若い女性を見ていると、大和撫子は何処へやら……。

相原　絶滅していますね（笑）。中国では、朝食を買って歩きながら食べる文化がありますが、日本にはそういう習慣はありません。また女性が一人でラーメン店や牛丼店には入らなかったのですが、最近のぞいてみると結構見かけます。日本も変わりました。

漢字文化に明治の先達が少し恩返し

石黒　エッセイの中に、中国の人文科学系の用語は70％が日本から輸入とありました。そして、最近の知識人は造語能力に欠け、安直にカタカナでの外来語ばかりが増えていると指摘されています。

相原　「社会、経済、教育、革命、資本」など、明治維新後、私たちの先達がつくった言葉を、中国は逆輸入して現在も使っていますからね。中国は日本語という窓を通して西洋近代の文化を受容したとすら言えます。最近は、そういうことはほとんどありません。日本語にはカタカナがあって、外来の概念をぱっと受け入れることができます。それは柔軟性が高く、例えば「ジョーク」と「笑い話」のように使い分けができる利点もある。とは言え、何でもカタカナで通すと、普通の人がわからなくなる。日本の半数以上の人は、今のIT業界の用語がわからない。

石黒　残念ながら、英語まじりのカタカナです。さらに「中国の著作権侵害が話題になるけれども、日本は中国から無断で勝手に漢字を借用し、二次利用、三次利用してカタカナやひらがなを作った、それを中国の人はどう思うのか」と。そこまで遡られるとグウの音も出ません。

相原　中国の人たち、とくにインテリなどは、「日本人は我々の字を使ってひらがな、カタカナを作っているけれども、著作権を自分たちは日本に主張していませんよ」という意識を、冗談半分ですが、持っていますね。

石黒　ITの世界には、カタカナで恐縮ですが（笑）、オープン・ソースというやり方があります。ソフトウェア使用権を世の中にオープンにして誰でも使えるようにすることですが、それでも開発者には配慮しています。かろうじて、明治の先達によって漢字文化に少し恩返しをしたということでしょうか。

「中国語　発音よければ半ばよし」、そして「普通語」の普及

石黒　「中国語　発音よければ半ばよし」、これは先生の言葉だそうですが。

相原　ええ。どこか中国語学習の本質をついていたのでしょう。なかば神格化して「ことわざ」のように使われるようになりましたが、発音は中国語の命といってても言い過ぎではありません。同じ発音でも声調をまちがえると意味がまったく変わってきますから、中国語の発音の基礎を入り口でしっかりと身につけることが大切です。

石黒　日本人にとって中国語の発音が苦手なのは、中国語の母音は三十いくつかでしたか、日本人には耳に馴染まない音があり、さらに四声が加わりますから発音が難しいと。何か、言いわけに聞こえなくもありませんが（笑）。

相原　その通りですが、その発音をどうクリアするかです。私たちは日本語は、聞けばすぐ意味がわかり、文字なんか思い浮かべません。先ほども少し紹介したように、中国語は違います。私が学生に「黒板」という意味の「ヘイバン」と言うと、学生の頭にはたいてい「黒板」の漢字が浮かびます。それでわかった、となる。中国語をやっている人はほとんどそう

です。言葉はどれも音が基本です。日本人にとっての中国語は、その点を強調しなければいけません。むしろ文字を知らない「非識学者」になるのが理想です。

石黒 その中国語も方言が多いと、言葉が通じないバベル的状況になりかねない。一つの世界を形成するためにも、共通の言語を求めるのはごく自然なことで、「普通語《プートンホワ》」は、大変な試みだと思います。

相原 まったくその通りです。定めたのは五十五年前のことですが、これはある意味で重要な国策でした。「普通話」を普及させて、中華民族の凝集力を強めようというのです。

石黒 『蒼頡たちの宴』(筑摩書房)は、題名だけではよくわからない本ですが、たしか漢字を作ったといわれる「四つ目の聖人」の蒼頡と共通の言語を求める物語だったと思います。「普通語」は、二つ目の蒼頡たちが何千年と追い求めてきたものが、現実になったわけですから、これには壮大なドラマを感じます。

相原 中国は五十六もの民族がいて方言もたくさんあって、ヨーロッパのように言葉が別々になってもおかしくないのですが、統一を重視します。国家戦略として、言語による民族統一に非常に力を入れていますが、でも各地域では方言にもこだわりがあります。広東や上海の人たちは、決して地域言語を捨てませんから、バイリンガルになっていくんだと思います。

お互いの行動の文法を知り、長く付き合っていく

石黒　大連の優秀な女性の部長に、日本に住んで気になったことをあげてもらいました。「日本人はいつでも関係なくお辞儀する」「日本人は50㎝の距離を置いて体に触れないようにする」「割り勘の文化」などですが、割り勘には戸惑ったようです。

相原　そうでしょうね。女性が男性と食事した場合は、必ず男性が払います。割り勘にすると中国の女性は切れてしまいます。デートなら、もう二度と会うものかといっそ自分で全部払ってしまう。その後で二度と会わない男の分まで払ったことを、後悔します（笑）。また中国人は街中でも親しさをスキンシップで表し、男性同士で肩を組み、女性同士で手をつなぐ。母親とも抱き合う。日本は湿気が多いからか、あまりべたべたしない。

石黒　それを、彼女は50㎝と（笑）。仕事の上でも、私たちはゆっくりと関係を深めていきますが、中国人はすぐに近づきたがる。それにご馳走した翌朝に「昨晩は有難うございました」との一言が中国人にはないと。

相原　その挨拶がよそよそしいんです。また次を催促しているようにも取られます。中国人は言葉によるお礼で済まさず、いつか奢るからという気持ちをずっと持ち続け、借りを抱えて生きていきます。日本人はすぐプラスマイナスゼロにして楽になりたがる。だからその場

で精算する割り勘が一番いいわけです。生き方としては、貸し借りを持ち越す中国人の方がタフで大変ですよ。私は大学では中国語の文法を研究しましたが、今は日中の「行動の文法」を探っています。両者には、先ほどあげたようないろんな振る舞いの違いがあり、それぞれ理由や言い分があります。その理由を探って、中国人には中国人固有のロジックがあるとわかれば、軋轢も起こらずにすみます。

石黒　私も中国へ行くようになって見方が変わってきました。それこそ清朝末期の『阿Q正伝』のイメージで頭の中は止まっていましたから、今の中国の胸を張っている人たちとはだいぶ違う。

相原　今後はお客様として市場になるわけですから、きちんと研究し、理解しなければいけないと思います。中国を研究する機関を設けて中国人がどういう価値観を持ち、どういう行動パターンで動くかを理解しておかないと、大変なことになるでしょう。

石黒　「同文同種」の国は、知っているつもりでなまじ誤解を生み易いですから、行動パターンが読み解けたら素晴らしいですね。相原先生は、これからの中国とどう付き合っていったらよいと考えておられますか。

相原　将来なりたいものを問えば、日本の子どもは無邪気に、バスの運転手、お花屋さん、ケーキ屋さん等と答え、大人もそれを許容します。中国では、そんなことを言うと親が怒り、

社長、科学者、大富豪になりなさいとたきつける。日本ではお嫁さんになる夢すらある（笑）。平和でよいのですが、ビジネスの競争の場では、中国の、大志や欲望を前面に出す人たちと渡り合わなければなりません。兵法や軍事思想を扱った『三十六計』という本は小中学生が読んでいて、中国人の常識です。中国語を勉強して中国の本当の姿を正しく理解し、無視できない、手ごわいお隣さんとして、お互いに切磋琢磨しながらしっかり付き合ってほしいと思います。

石黒　確かに、中国のアニマル・スピリッツを感じさせる若者には、若干の郷愁をおぼえます。これからは、薄っぺらなやり取りだけに止まらずに、中国語を少しでも話して、一人ひとりが信頼ある関係を多く築くことでしょうか。本日は示唆に富んだお話をありがとうございました。

後日の円卓にて

行動の文法を知る

中国との40年の付き合いをベースに、彼らの行動の文法を知る大切さを指摘された。中国人との交流が増える中、大いに参考になっている。（石黒）

中国の方のものの考え方について、視点が変わりました。（松尾）

気づきがありました。（村松）

ジョークで学ぶ中国語

ジョーク（下ネタ？）をうまく中国語の学習につなげている。

使いこなすのは難しい。早速使ってみたが、笑ってくれない。（石黒）

女子大の先生がぴったり

学究肌で人あたりがソフト。

女子大の先生がイメージにぴったりですね。（村松）

すぐに古畑任三郎の物まねが出てくるとは、気さくでノリもいい。（石黒）

お礼

最近やっと、中国流のお礼を覚えた。逆に、日本在住の中国人からは即座にお礼が来るから面白い。（石黒）

大量の著作に結実する文才

本も多い。印象的な中国語エッセイは相原さんにしか書けないだろう。中国語を少しでもかじっていると興味深い。（石黒）タイトルもユニークで、オビの煽り文句も面白い。文才を感じます。（内田）

中国語を身近にした

テレビ出演や著作を通して人を惹きつけ、中国語学習を広く身近にされた。（松尾）それは間違いない。（石黒）

好奇心への道標

『蒼頡たちの宴―漢字の神話とユートピア』武田雅哉著（筑摩書房／1994年）
『ふりむけば中国語』相原茂著（現代書館／2011年）
『マカオの回遊魚―痛快！日中ことばコラム』相原茂著（現代書館／2017年）

6

天台宗大阿闍梨・總一和尚

酒井雄哉

Yusai Sakai

第6章

今日の自分は今日で終わり、明日はまた新しい自分

酒井雄哉 *Yusai Sakai*

天台宗大阿闍梨・總一和尚。大正15年（1926年）大阪生まれ。予科練で敗戦を迎え、その後職を転々と替えるなど苦境の連続から39歳で仏門に入る。40歳で得度し、厳しい修行と伝えられる千日回峰行を2度満行。その後も日本、世界各地の巡礼を行うなど「現代の生き仏」として歩み続ける。

比叡山延暦寺、飯室谷にある長寿院。そこに住まう酒井雄哉大阿闍梨は、難行中の難行である千日回峰行の2度の満行を達成。比叡山1200年の長い歴史の中で、この荒行を2度全うした行者は、わずか3人しかいない。三年籠山明けとともに、12年の修行を経て国内外の巡礼を続けながら、1995年にはバチカンでローマ教皇ヨハネ・パウロ2世とも謁見している。はかり知れない深い行体験をこともなげに語りつつ、人が自分の役目を知りそれを誠実に実践することの大切さを気さくに話す姿は、包み隠さずにありのままに生きる自然体そのものであった。

毎日、同じリズムとペースで暮らす

石黒　比叡山の東堂、西塔、横川といった三塔はお馴染みですが、対談にあたって十六谷の飯室谷を見ておこうと、久しぶりに比叡山に行ってみました。不動堂にお参りして、何の約束もなく長寿院に立ち寄ったのですが、お留守だと思っていた酒井大阿闍梨とお会いすることができて有り難かったです。

酒井　ふと来られる人も結構ありますよ。ご縁のものですから、たまたまお会いした人と、ずっとつながることも多いんです。

石黒　すぐに庫裏に上げていただいて、お茶をご馳走になりました。とっさのことですから、どのようにお呼びしていいのか迷いました。何といっても、正式の尊称は「比叡山北嶺大行満大々先達大阿闍梨總一和尚長寿院酒井雄哉」ですから。「千日回峰行」を満行されると「北嶺大行満大阿闍梨」でしたか。

酒井　そうそう。それと「大々先達總一和尚」は、「葛川夏安居《かつらがわげあんご》」への25回以上の参加です。

石黒　そのような厳しい行を積み重ねて、多くの人たちから「現代の生き仏」として崇敬を集めておられる方を、「酒井さん」と言うのも失礼かなと思いまして、「阿闍梨さん」と思わず申し上げました。

酒井　どうも、尊称で呼ばれると、こそばゆくて他人事のように思える。あまり気にしていませんから、「酒井さん」でもかまいませんよ。

石黒　普段は、あの飯室谷の長寿院で生活なさっているんですか。

酒井　僕は回峰行で山を歩いていたリズムをもとに、暮らしている。回峰行では夜中の1時くらいから山を廻るけれど、今はもう長くは歩かない。それでも毎日午前3時半過ぎには起きて、自坊の滝で身を清めてからお堂でお勤めすることが寒中も真夏も同じで日課になっています。歳を取るとだんだんずうずうしくなって、昔2時半に起きていたのに、今は3時半になっちゃった（笑）。6時半くらいまでにお堂から出て、1時間くらい昼寝する。

石黒　朝の昼寝ですね（笑）。

酒井　うん。眼が開いてからは、日常の時間帯でずっと仕事します。人間というのはリズムとペースを崩したらすぐに駄目になる。自分のリズムとペースさえつかめば、案外とスムーズに生きていけるもんです。

石黒　変化の激しい今日この頃は、何かとままならないことが多くて、どうしても無理しますから、世間のリズムにあわせて自分のリズムを見失いがちになります。

酒井　自分のリズムで、毎日同じことをぐりぐり繰り返していると、こだわりがなくなって、若々しくいられるんじゃないかな。

石黒　大正15年のお生まれで満84歳とお聞きしましたが、かくしゃくとしておられる。論湿《ろんしつ》寒貧《かんぴん》の比叡山では、お年を召されると山坊から坂本の里坊に移られるそうですが、お顔の色つやからしてお元気でその必要はなさそうですね。

酒井　ええ。天台の行者は無始無終の修験ですから、僕はいまさら里坊に移ることはないですね。

40歳で得度、心身をともにした「師匠」

石黒　多くの著書を出されていますが、その中で出家前のご苦労を知りました。仕事はことごとくうまくいかずに職を転々として、奥様まで不幸な亡くされ方をしておられる。苦境の連続から40歳で得度、それからは一転して順調に来られた。今、出家前の人生を振り返って、どう思われますか。

酒井　何もやらずふらふらしてきて、あてもなく生きていたといえばいいのかな。それが一転して、比叡山ではよい師匠にめぐり逢えました。最初に、比叡山に来る人の面倒を見るお坊さんであった小林隆彰《りゅうしょう》師に出会い、宿題を出されたんです。これが判らなかったら山にくるなと。ところが、その師匠が接遇の当番を替わる段になって、今度は山へ来るかと誘われました。あなたをずっとみてきたけれど、何もない。ものごとを大局的に見て、残りの人生をどう生きるのかをしっかり考えなさい。得度して、お寺で寺男としてお坊さんの手伝いをするのもいいんじゃないかと。得度が何かも知らなかったので、お坊さんになることだといわれ、わかりましたと応えたんです。

石黒　ずいぶん簡単なことのようにおっしゃいますが、相当な決心があったのでは。

酒井　もう人生ぎりぎり、一歩踏み外せばどうしようもない、踏みとどまれるかどうかというところだった。だから一も二もなくお願いしたんですね。

石黒　出家される前に、「二十一座の礼拝」をつとめられたほどですから、からだを動かすことには自信をもっておられた。そして、小僧をしながら親子ほど年齢の違う若者たちに交じって叡山学院に通い、首席で天台座主賞をいただいて卒業。まさに一念発起です。

酒井　そうだね。人間はその気になって努力すれば、ある程度はできるようになっている。学業がよくなったのは、2番目の師匠の小寺文頴《ぶんえい》師にめぐり逢えたおかげで、師匠は年中論文を書いていました。叡山学院では、ほかの学生と一緒に師匠と起居をともにして、夜の8時にはもう就寝していたんです。あるときトイレに立つと書斎から明かりが漏れている。見ると師匠が勉強されている。たまたまではなくて、いつもそうでした。僕は古い人間ですから、自分より年下ですけど、師匠が勉強しているのに弟子がグーグー寝ているのはおかしいと思ったんです。それから師匠に毎日お茶を出すようになって、少しずつ学問を教えてもらいました。それまで、学校の授業はチンプンカンプンだったんですが、直接関係ないことでも師匠の話を聞くうち、いろいろつながってきて、授業も理解できるようになりました。さらに師匠の資料整理の手伝いもやって、論文の書き方がわかるようになった。できないと思っていたことが、いつのまにかできるようになって、試験でもいい点数が取れました。

石黒　そうですか。紛れもなく、寝食をともにしてめぐり逢った「師匠」ですね。世の中には、知識とかやり方を教えてくれる「先生」と名のつく人は多いが、素直に「師匠」と呼べる先生を持っている人は、そんなに多くはいないでしょう。

酒井 寝食だけでなく心身ともにして、そのとき一心に覚えこんだことが、今の自分の基礎になっています。何でも積み重ねですね。

「常行三昧」の行で、普賢菩薩さまを感得

石黒 比叡山の僧になるための三年籠山の中で、堂内に籠もって90日間、南無阿弥陀仏を唱えながら本尊の阿弥陀さまのまわりを廻る「常行三昧」というとても厳しい行を断行しておられる。その行中に、色鮮やかな普賢菩薩さまを感得されたそうですが、厳しい行ほど幻覚みたいなものがともなうと思うのですが、それとも違う感得とはどういうものなんでしょうか。

酒井 感得には個人差もあって、受け取り方はさまざまです。行の最中は肉体、精神の極限までつきつめますから、幻想や幻影と本物がごちゃまぜになった状態に置かれます。ある晩、お堂の中を廻ると、急に真っ暗になって、いぶし金の阿弥陀さまが現われたので、一生懸命礼拝したんです。2回廻って2回ともそれがあって急に消えて、3回目に今度は極彩色の普

賢菩薩さまがおられた。当時指導を受けていた先生にこういう不思議なことがありましたと報告すると、先生から何時頃かと聞かれ、夜中の2時半くらいだと思いますと申し上げた。すると先生はこう言われたんです。ちょうどその時間に御手洗いに行ったが、洗面所から修行を行っている常行堂がこうこうとした月の光に照らされているのがよく見え、その中から、何とも言えない涼しい念仏が聞こえてきた。今日は何かあるんじゃないかと思っていたが、まさにそれが起きていたんだねと。先生と行者の心が一致しているからそれは本物だろうということになったんです。

石黒　なるほど。指導する先生の方にも、感得を確かめるようなことがおこらないと、自分が仏さまのお姿を見たと言っただけでは駄目なんですね。

酒井　そう。正式には天台座主に報告して、同じような雰囲気を感じていただけたら感得ということになります。もっとも、このときは常行三昧だから、仏様を感得してもそのまま修行を続けるように言われました。常行三昧の行では、初めは血が下がって象の足のようになって動けなくなりましたが、かつて小寺師匠から教えてもらった呼吸法をやって、だんだん足が動いて体も動き、声も出てその声を聞くうちに心が休まってくるという体験をしました。そのときから、人間というのはからだの動き、呼吸、そして心の動きでだいぶ違うんだなと思うようになりました。天台宗では身口意《しんくい》の三業《さんごう》といいますが、からだと口と心が一つになって、ものごとが成就できるというふうにいわれています。それを、身をもって知りました。

「山川草木悉皆成仏」、千日回峰行は歩く礼拝行

石黒 それからは、強靭なからだと心の持ち主であることが認められて、1973年に千日回峰行へ入られた。千日回峰行は、出家したときからの望みだったのでしょうか。

酒井 僧籍があって寺男ができればいいぐらいで、自分が千日回峰行をやるとは思ってもみませんでした。でも、住職にさせてもらったはいいが、何で皆さんにお返しできるかと考えたんです。宿題の図は「東から何しに来た」と読み解いたのですが、ここで何をするのかを問うことになりました。自分には何もない。法儀の理論はわかっても実技はできないし、事務作業はできない。あとに残ったのはからだです。からだで礼拝を尽くすしかない。唯一丈夫なからだを使って、千日回峰行をやらせてもらえばいいじゃないか。そう思って手をあげました。

石黒 そうでしたか。1980年だったと思いますが、NHKで酒井さんの千日回峰行を取り上げた「行」という特集番組が放送されて反響を呼びました。9日間のお堂入りは想像を絶する映像の連続で、神々しくて胸に迫るものがありました。それと、雪の場面も印象的で

した。山道を歩くというよりは、まるで白い鳥が峰から峰を飛んでいるようでした。

酒井　ああ、あれは飛んでいるように見えますが、膝を痛めないようにクッションをつけているから、止まれなくなってどんどん前へ進んで飛ぶように見えるんです。杖でまわるんですが、一年に１回は谷に落ちていました。

石黒　はあ、谷底に落ちたんですか。大峰山の千日回峰行をされた塩沼亮潤阿闍梨は、小学生のころにこの番組を見て触発されたそうですが、多くの人が感銘を受けました。

酒井　彼はうちの坊にもよく来てくれました。しっかりした人です。千日回峰行に入るときには、逃げるなよと言って、関の孫六の短刀を贈りました。

石黒　山田恵諦《えたい》第253世天台座主は、千日回峰行は「山川草木悉皆成仏《さんせんそうもくしつかいじょうぶつ》」すべての存在に仏性を見出して歩く、礼拝行だとおっしゃっています。最初は、どこで拝んでよいのか、困ってしまうと思うのですが。

酒井　あらかじめ「手文《てぶみ》」で定められています。この手文は先人のものを借りて自分で作る参考書みたいなものです。行の前に1週間かけて260の礼拝所を刻み込むんです。

石黒　260ヶ所もあるわけですか。

酒井　だから、すぐには覚えられない。手文を見て、老師の阿闍梨さんに1日だけついてもらって、わからないところは拝む方向を教えてもらう。阿闍梨さんからきちんと拝んでいるかチェックされ鍛えられながら進めていくんです。

石黒　酒井さんが満行された飯室谷からの回峰行は、390年ぶりだと伺いました。あの長寿院から坂本の方に下って時計回りに廻ると、通常の無動寺回峰よりかなり長くなりますね。

酒井　そう、うちの方から出ると10キロぐらい長いから、最初は大体40キロぐらいかな。それが5年終えて6年目になると60キロくらいに増え、京都大まわりとなると84キロ歩かなきゃならない。延べにすると7年かけて、ほぼ地球を一周するくらい歩くんですよ。その間、お堂でのお勤めもありますから、80キロ超の頃になると休養する時間もなくなってしまう。

「行く道は、いずこの里の土饅頭」、途中でやめることが許されない行不退

石黒　千日回峰行は、途中でやめることが許されない行不退といわれています。もし行に失敗すれば山を去るか自害するしかない。7年間ですから、誰にでも不慮の事故はあると思うのですが、まさに過酷な行です。

酒井　そうね。6年目の赤山苦行に入る前に、猪に追いかけられ足を怪我して、それが化膿して歩けなくなったことがありました。辛くても引き返すことはできない。もうどうしようもないので、腰の短刀で指を切って死に場所を探しているうちに、気を失ってしまいました。そこに夜露がおちてハッと気がついてからは、もう前に行くしかないと、死のうという気持ちはなくなりました。

石黒　「行く道は、いずこの里の土饅頭」、酒井さんのために詠んでくださった句とか。

酒井　私の3番目の師匠であった箱崎文応老師からです。

石黒　小林隆彰師は、36回の断食行と90歳まで毎朝滝行を欠かさなかった不世出の大行者で

あった箱崎老師の面倒をみられるのは、酒井さんしかいなかったとおっしゃっています。

酒井　とにかく、うちの爺さん（箱崎老師）は、すごいのを通り越した人でした。

石黒　酒井さんがおっしゃるのだから、それは本当にすごい（笑）。

酒井　小寺文頴《ぶんえい》師が学校に通っているころに、手伝いに行ったそうです。自給自足のため畑を耕していましたが、夕方になって、蝋燭《ろうそく》をもってこいといわれ、やれやれ、やっと終わると思ったら足下を照らせといわれ、また作業が始まった。そのうち鍬のような道具で指に重傷を負ったのに、傷に土をかけて手ぬぐいを巻いて、痛いともいわないで、早く照らせといってまた作業を続けた。こんなところにいたら殺されると、他の僧は恐れをなしその晩に夜逃げしたそうです。そのくらい勇ましい人でした。その箱崎老師を僕がお世話させていただきながら行をやるということで送られたんです。あのときの生活で鍛えられ、しぶとい人間になりました。

石黒　凄まじいですね。どんな鍛えられ方だったんですか。

酒井　わざわざ人の寝ているところへきて、腹の上に乗ってみたり、枕を蹴飛ばしたり。千日回峰行のときは山から帰って、老師の世話と自分のことで精いっぱい、まるで時間がなく、お芋をふかしてときどきパクッと食べるような生活でした。前日から食事を準備すればいいだろうと下ごしらえすると、老師に鍋から何から全部捨てられる。宵越しの飯が食えるか、ということですね。仕方なく拾って全部きれいに洗って作り直して出すと、知らん顔して食べるんですよ（笑）。私にとっては、まさに行の師匠でした。

石黒　優しさも持ち合わせた師匠だったんですね。お話を伺っていると、酒井さんは指導者にめぐまれたこともありますが、むしろ師匠の想いをしっかりと汲みとって、自分で道をこしらえて来られたんだと思いました。

世界の回峰行を続けて、行者姿でバチカンへ

石黒　１９８０年に満行されて、半年後に再び回峰行にはいり、１９８７年には最高齢の60歳で2回目の満行。周りの人たちは、酒井さんが3回目に向かうのではと心配されたそうです。

酒井　ええ、そのくらいの元気さはありました。でも、十二年籠山もつとめ終えたので、これからは比叡山から出て歩けるところまで行ってみるのもいいなと。先ずは、伝教大師が歩かれた東京の寛永寺までの東下りでしたが、その後は東北巡礼と全国へ拡げていきました。

石黒　青森では、回峰行を2回満行し3回目の５５５日で行中に入滅された「正井観順人阿闍梨」の供養をされたとあります。

酒井　なんといっても、正井大阿闍梨は僕たちにとっては行の大先達です。さらに中国にも足を延ばして、回峰行を編み出した慈覚大師の足跡を歩こうと思い、五台山巡拝を行いました。

石黒　確か、「入唐求法巡礼行記《にゅうとうぐほうじゅんれいこうき》」を著した円仁さんのことですね。エドウィン・ライシャワーが英訳の紹介をして、マルコ・ポーロの「東方見聞録」や玄奘の「大唐西域記」と並び称されて、世界三大旅行記として一躍知られるようになりましたが、五台山巡拝は回峰行のルーツになるわけですから、感慨深いものがあったでしょう。

酒井　巡礼の前日に、北京の広済寺で日中合同の世界平和友好祈祷法要を行いました。大歓迎を受けまして、みんな感激をしたのかな。中国の人たちは、やたらに足やからだをさわりにくるんだよ。あれにはまいっちゃったですね。

石黒　中国人のスキンシップの洗礼をうけた（笑）。１９９５年には、バチカンでヨハネ・パウロ2世に謁見されています。

酒井　バチカンのホールに集まった1万人くらいの人から拍手を受けました。ホテルからバチカンまでの道では、行者姿ですから、侍と間違えられて写真を撮られたり（笑）。教皇には、だるまを土産に持っていきました。世界平和を願っておられるから、はじめに片方の目を入れて、世界が平和になったと思ったらもう一つの目を入れてほしいと渡しました。

石黒　そうですか。世界平和の念願がかなって、教皇に目を入れて欲しかったですね。さらに、中国の天台山、山東省の孔子の聖地やチベットなども訪ねて、世界の回峰行は限りなく広がっていきます。そのような宗派をこえたお加持は、どんな思いで続けておられるのでしょうか。

酒井　そうだね。本当の幸せを願っているという気持ちが相手に伝わらないと、みんな同じような気持ちになれない。それには、誠実さ、思いやり、慈しむ心があって、はじめて出来ることだと思うな。一生懸命拝むということは、どこへ行っても宗派をこえて共通しているから、拝むことによって気持ちを伝えたい。ですから、拝むことが天命だと思って続けています。

知識に振り回される「賢《かしこ》バカ」、「教行一致」が大事

石黒　最近、『「賢《かしこ》バカ」になっちゃいけないよ』（ＰＨＰ研究所）という本を出されましたが、「賢バカ」とは面白い言い回しですね。

酒井　箱崎の爺さんが、人の話を聞かずに理屈ばかり言う人に会ったらしく、僕に「お前、賢バカになっちゃいかんぞ」と戒めた。知識は必要だけど、実践出来ない知識なら振り回し

てはいけないよということでしょう。

石黒　近ごろは、出来もしないのに言うばっかりの有言不実行みたいな人が増えているから、期待をいだかせられた分だけ落胆が大きくなります。

酒井　かえって、やらないのだったら何も言わない方がいいと思うな。そういう人は、実践が乏しいこともあるんじゃないかな。だから知識だけあって、知恵が身についていないということでしょう。

石黒　そう思いますね。それと、インターネットの普及のせいもあって、真偽がはっきりしない情報が瞬時に世界を駆けめぐり、おびただしい情報氾濫をおこしている。そんな情報を確かめずに鵜呑みにすると、生半可な知識に振り回されてしまうことになる。

酒井　学んで難しいことが理解できても、実践しなかったら意味がない。「教行一致」は、教えと行うことが一体になることですが、知ることと実践することはどちらも大事なことです。

石黒　酒井さんは、荒行の積み重ねの中から、感得や大悟も体得されて、今のお姿があると思うのですが、お話をされていても気張ったところがまったく感じられない。本当に、何ごともあるがままに出している。こうも騒々しい世の中で、なぜそう自然体でいられるんでしょうか。

酒井　あんまり気にしないからじゃないかな。一喜一憂しない。いくらメッキをしても剥がれるし、ものごとはなるようになりますから。今を大切に。僕は、今している話もすぐ忘れて、しばらくたつと違う内容になっていることもありますよ（笑）。ものにこだわらなければ、心配事もない。精神的に圧迫されると、見えないところで病気になる。悪徳、犯罪は見えないところで起こる。見えないところをしっかりやって隠さない。そうすれば、よくなる。賢バカは都合の悪いことを隠してしまうんですよ。

石黒　「今日の自分は今日で終わり、明日はまた新しい自分」、あらためてかみ締めてみたい酒井さんの言葉です。本日は、本当に有難うございました。

後日の円卓にて

逆境に響く言葉

酒井さんの言葉は、順風満帆なときには
耳に入らない。大病を患ったり、悩んだり、
逆境のときにぐっと入ってくるのではないか。（石黒）

師と弟子

傍目に乱暴な箱崎老師に
ついていけたのは、酒井さんだけ。
師に恵まれたと述懐されたが、
ついていった酒井さんも
すごかった。（石黒）
ついて来られる者は
ついて来いという感じでしょうか。（内田）

市井の人

歩く姿は、どこか丸くふわふわして、
どこにでもいるおじいさんの感じ。（村松）
すごい方なのに、
それを一切感じさせないのが
またすごい。（松尾）

お茶でもいただきながら

仏にまみえたお話など、臨場感があって忘れられない。（内田）
また庵でお茶でもいただきながら、お話ししてみたい。（石黒）

見えない糸

人生の選択の中、比叡山に入られたのは、
何か見えない糸があったのでしょうか。（村松）
私たちは誰でも、そういう機会が
あるのかも知れない。（石黒）

生き仏

間近で伺ったお話は、
年齢を重ねて振り返ったとき、
本当の有難さがわかるかも。（村松）
しみじみと効いてくる。（内田）
それが生き仏というものだろう。（石黒）

はかり知れない境地

3回目の回峰行への挑戦も
お考えになったのでは。
過酷な修行を繰り返す境地は、
想像もつかない。（石黒）
凡人にわからない何かがある。（内田）
荒行直後の酒井さんを
拝む人たちを見て、
人の不思議さを感じた。（石黒）

好奇心への道標

『円仁　唐代中国への旅』エドウィン・O・ライシャワー著（講談社学術文庫／1999年）
『二千日回峰行　大阿闍梨・酒井雄哉の世界』菊池東太写真・野木昭輔文（佼成出版社／2007年）
『「賢《かしこ》バカ」になっちゃいけないよ』酒井雄哉著（PHP研究所／2010年）

7

衣装デザイナー

ワダエミ

Emi Wada

第7章

過去をなぞるようになったら、そのときは仕事をやめるとき

ワダエミ *Emi Wada*

1937年（昭和12年）京都府出身。京都市立美術大学（現・京都市立芸術大学）西洋画科卒業後、主に舞台の美術や衣装デザインを手掛け、72年のアメリカ映画『マルコ』（セイモア・ロビー監督）の衣装デザインで映画初進出。86年に『乱』（黒澤明監督）で、アカデミー賞最優秀衣装デザイン賞を受賞。

組織に属さず、プロジェクトごとにチームを作り、世界中を飛びまわる衣装デザイナーのワダエミさん。黒澤明監督の『乱』で日本人女性初のアカデミー賞を受賞、その後も『宋家の三姉妹』や『HERO』など世界を舞台に活躍され、数々の賞を受賞している。見る者の記憶に深く刻まれる鮮やかな色彩の衣装は、すべて本物の素材をそろえて作り上げるという信念をつらぬく。そんな彼女の溢れるバイタリティーに迫った。

54 色も染めた、色彩へのこだわり

石黒　先日、渋谷での「ワダエミの衣装空間展」を拝見しました。東京造形大学大学院とのコラボレーションだそうですが、学生さんの説明も的を射ていてよかったです。

ワダ　学生たちとは4年前から関わっているんです。展覧会をやりたいと学生からのリクエストで行ったものですが、あの会場、実は駐車場なんですよ。

石黒　そうなんですか。ワダさんの展覧会といえば、築城400年祭の国宝彦根城といった大きく華やかなところで行われることが多いと思うのですが。

ワダ　今回は学生たちとのコラボレーションということもあって、大学構内の青竹を切り出したりして、まさに手作りの展示となりました。

石黒　最初に、映画『HERO』の衣装が、赤、青、白とストーリーの順に展示されて、とりわけ風にたなびく赤の衣装が印象的でした。なにか紅花で染めた深紅《ふかきくれない》に近いような色でした。

ワダ　あれは、マギー・チャンの着た衣装なんです。中国のシルクを北京で染色したものです。あの色を出すために日本とドイツの染料を使っています。ただ、水が硬いこともあって、日本とは同じ色に染まらないんです。そこで、大量のミネラル・ウォーターを集めて染めま

した。

石黒 それは、かなり贅沢な染めですね（笑）。

ワダ そこまでしても、『HERO』では、この赤の色でないとダメという、こだわりが私の中にあったのです。チャン・イーモウ監督もこの赤が気に入ってしまって。この赤を出すまでに、結局54色も染めました。

石黒 まさに、「四十八茶百鼠」といわれる日本ならではのこまやかな感覚で。

ワダ お陰さまで、『HERO』は公開初日で制作費が回収できるほどヒットしました。それで、すぐに2作目になる『LOVERS』も決定しました。

石黒 その『LOVERS』の衣装も展示されていましたが、手の込んだ刺繍や唐織り、立派な冠、竹で編んだ笠と、ひとつひとつが丁寧につくられた「本物」なんですね。

ワダ 衣装デザインは、時代考証にもとづいた単なる再現ではないと思っています。キャラクターデザインは自由な発想から始めます。それから現代の職人さんの手が加わり、映像化された時に「本物」になるともいえます。

石黒 チャン・イーモウ監督の三部作の3作目となる『王妃の紋章』を見ましたが、とにかく金づくしの豪華絢爛、それまでの前2作とはまったく色彩が違っていました。

ワダ 3作目は、私は関わっていないのです。その時期は、『王妃の紋章』を含め、北京オリンピック、それとメトロポリタンオペラの『ザ・ファースト・エンペラー』と、3つのオファーが重なり、政治的なことには関わりたくなかったのでオリンピックはお断りしました。あとは作品の内容を確認して、私は『ザ・ファースト・エンペラー』を引き受けることにしました。

石黒 衣装デザイナーが代わると、こうも雰囲気が変わるんですね。力ずくでここまでやるのかといった、現代の中国を見ているようでした。

衣装デザインの仕事のきっかけは、ご主人の和田勉さん

石黒 衣装デザインの枠にとらわれずに、映画、オペラ、演劇だけでなく、フィギュア・スケートの安藤美姫さんのコスチュームも手がけておられる。さらには、清水寺の「青龍会」の衣装までとなると、その拡がりは人物設計には止まらない。

ワダ 「青龍会」は、大仏師の西村公朝さんの監修のもとに一年がかりで作り上げたものです。実は、衣装だけではなく、青龍も作ったのですよ。500年は残る仕事ができたと思っていますが、春と秋の法要には、みなさまにもご覧いただけます。

石黒 ご著書の『わたしが仕事について語るなら』(ポプラ社)を読ませていただきましたが、

京都の下鴨神社近くのお生まれで、恵まれた環境に育ったと。ご主人となる和田勉さんの『テレビ自叙伝』（岩波書店）には、「延々と土塀がつづき、その途中に黒門という木の札のさがった門があった、そこが野口家の勝手門、その門を入ると、２０００坪ほどの庭と蔵、屋敷が展開していた……」と、びっくりされたようです。

ワダ　もう、その生家も無くなってしまいましたが、原生林に囲まれた洋館づくりの家でした。ヨーロッパや中国の一流品に囲まれて、「あつらえ」という習慣の中で育ったお陰で、素材に対する感覚のようなものを自然と身につけたと思っています。

石黒　そして、油絵を早くから始められて、京都市立美術大学に進学。

ワダ　中学のときに、堂本尚郎さんに絵の家庭教師としてきていただきました。ただ、実際には絵を教わることはほとんどなくて、映画を観たり、本を読んだりしていました。カミュなどの翻訳本が次々と出された時期で、ジャン・コクトーの詩や映画にあこがれたのも、そのころの影響ですね。

石黒　相当な「おませさん」だった（笑）。そう言えば、勅使河原宏監督の『利休』の中で、正親町《おおぎまち》天皇役で出演されていた、あの方ですね。

ワダ　はい。あれは、撮影の4カ月前に監督から電話があって、天皇役の役者さんが急に倒れてしまったので、誰かいないかということでした。そこで高貴なイメージから、堂本尚郎さんにお願いすることにしたんですよ（笑）。

石黒　それは、恐れ多い役で感激だったでしょう。ところで、衣装デザインというお仕事のきっかけは。

ワダ　最初の仕事は堂本正樹さんの詩劇『青い火』でした。夫の和田勉が演出をし、私は舞台美術と衣装のデザインをいたしました。それまで私は、絵を描いていたのですが、舞台は役者や照明、音楽などで、一瞬にして世界をかえることが出来ます。私はその魅力にとりつかれたといえます。当時、20歳でした。その後、野間宏さん、椎名麟三さん、安部公房さん、寺山修司さんなど、夫を通じて多くの人たちと知り合いました。

石黒　錚々たるメンバーです。

『乱』では、自らチャンスをつかみに行く

石黒　『乱』では、黒澤明監督にアイデアを直接説明なさって、自らチャンスをつかみに行かれていますが、どんなひらめきがあったのでしょうか。

ワダ　『乱』は、『リア王』の映画化と聞いて、これは私がやらなきゃいけない仕事だと思ったのです。私はアヴァンギャルドで、その対極にいらっしゃったのが黒澤明監督です。シ

ェークスピアの36の戯曲をすべてやりたいと思っていたので、『リア王』である『乱』のために、資料を持ってたずねました。黒澤さんも知らない資料をお見せして、衣装を担当することになったのです。

石黒　黒澤組といわれた人たちの中に入って、ご苦労も多かったのでは。

ワダ　たしかに、日本では衣装デザイナーの存在が小さいこともあって、いろいろな問題がおこりました。それでも、とにかく良い映画をつくりたいという思いの方が強かったですから、妥協は一切しませんでした。それと、この映画のプロデューサーはフランス人のセルジュ・シルベルマンで、黒澤監督は自由で創造的な考えをする方で、衣装をどうするかという話し合いを黒澤監督と直接できたということが、私にとってはラッキーだったと思います。

石黒　その自らつかんだチャンスを見事にものにして、『乱』のコスチューム・デザインで、第58回アカデミー賞の最優秀衣装デザイン賞を受賞されています。

ワダ　『乱』は、衣装デザイン賞を含めて4部門でノミネートされていました。会場では私は真ん中の席で、これは呼ばれることはないだろうと思っていたんですよ。ただ、授賞式の前に、スピーチは40秒くらいで、誰々に感謝とかはやめてくださいと言われていたので、万が一のためにメモを作っていました。それが、発表されるとあまりに驚いて、用意していたメモをバッグに入れたままにしてしまったので、「まず、黒澤明監督に感謝します」から、始めてしまったんです（笑）。そして、最後には「夫に感謝します」のところを、通訳の方が間違えて、「ワイフ」と言ってしまったんですね。それで、会場が笑ってくれました。さらに、オスカーに私の衣装は必要ないといったら、これはとても受けました。

石黒　期せずして、ユーモアあふれるスピーチになったわけですね。

ワダ　このときのプレゼンターが、オードリー・ヘップバーンで、彼女は私に、「あなたの名前は、エミ・ワダよね。私はイミ・ワダと紹介してしまったわ。このままだと『イミ・ワダ』と読むから、スペルを変えたらどうかしら」とアドバイスもされました。

海外でいい仕事をしようとすると、文化の奥深くまで入り込むことが求められる

石黒　このアカデミー賞のあとは、活躍の分野がさらに広がり、オペラ『エディプス王』で第45回エミー賞の最優秀衣装デザイン賞など、数々の賞を受賞されています。今では、海外からのオファーが多いとうかがいました。

ワダ　お蔭さまで、ひとつ仕事が終わるといくつかお話を頂いてチョイスできるようになりました。その一方で、日本からのオファーは来なくなりました。

石黒　それは意外です。

ワダ　日本の映画づくりは、決定権や責任の所在の曖昧さもあって、自由な創作に専念させてくれないところがあります。今や中国もそうですが、世界に向けて映画が製作されている時代ですから、これまでのやり方にあまり固執していると、日本がますます孤立していくのではとの危機感をもっています。

石黒　たしかに、海外から見てみると、政治も経済もそうですが、日本が世界から置いていかれるとの危機感を覚えますね。ここは、国の将来像をしっかりと描いて、口先でイノベーションをとなえるのでなく、やり遂げる実行力が欲しいところです。

ワダ　その通りですが、日本の仕事はなかなか変わらないところもあって、いきおい欧米とか、アジアなどでの仕事が増えることになります。

石黒　英国のピーター・グリーナウェイ監督とは、映画に舞台にと一緒に仕事をしておられます。タイトルにひかれてこの監督の『英国式庭園殺人事件』を観たことがありますが、えらく衒学的な監督だなという印象でした。あらためて、ワダさんが衣装を担当された『プロスペローの本』を、かなりの覚悟をして観てみましたが、やはり手に負えない。もっとも、シェークスピアの戯曲『テンペスト』なんて読んでいませんでしたので無理もないことですが、このような監督との仕事のやり取りは見当もつきません。

ワダ　そうですね。ピーターは、台本をたった2時間くらいで書いてしまうような人なんです。それと、数字がとても好きな人で、例えば、原稿を３００文字でとお願いすると、ジャストで送られてきますから、彼にとっては言葉遊びなんですね。打ち合わせは、レストランなどで行うのですが、テーブルクロスに直接書いてしまいます。そのテーブルクロス代をお支払いして、そのまま持ち帰るのです（笑）。

石黒　常人とちがった振る舞いは、いかにも鬼才らしい。

ワダ　オペラ『フェルメールへの手紙』では、映像と舞台が同時に存在して、プロジェクターを22台、水20トンも使用しました。今、ピーターが『雨月物語』に興味を持っているのですが、まずどの英語版を読んだかチェックしないと、話がずれてしまうんです。また、フランコ・ゼフィレッリは、『マダム・バタフライ』だけはエミとやりたいと言ってくれたので、当時の長崎の様子など調べないといけないのに、日本には資料がなくて、むしろヨーロッパに渡っています。やはり、海外でいい仕事をしようとすると、文化の奥深くまで入り込んでいくことが求められます。私は、ジャン・コクトーとは直接お会いしたことはありませんが、ピーターは現代のジャン・コクトーだと思っています。

石黒　『美女と野獣』とか、『オルフェ』にしてもそうですが、ジャン・コクトーの映像は、多くの人たちに強烈なインパクトを残しています。

ワダ　そういう意味では、ジャン・コクトーもそうでしたが、ピーターも、間違いなく次の世代に影響をあたえる芸術家でしょう。

石黒　メイベル・チャン監督の『宗家の三姉妹』は、三人三様の波乱に満ちた生き方を描いていますが、ワダさんのインタビューを聞いて、一人一人にあそこまで思いを込めて衣装デザインに工夫をこらしておられるのかと感心しました。

ワダ　このときに、北京の撮影所に初めて行きましたが、何もないところで、香港から生地やボタンを運びました。最後は京都の撮影で、台本上は桜の木の下で結婚式の撮影を予定していましたが、それが夏になってしまって、くちなしの花を使いました。シネマスコ

ープの撮影だったため、つながりを考えて急遽、照明を『利休』のときのスタッフにお願いしました。仕事に境界はないと思っていましたので、結婚式の参列者のキャスティングや宿泊施設の予約、中華料理店の手配まですべて行いました。

組織には属さず、プロジェクトごとにチームを作る

石黒 組織には属さず、マネージャーも持たずに、お一人で仕事をされると伺いました。ついつい、手を広げすぎて人にまかせたり、現場に出向くことが億劫になると思うのですが、納得のいく仕事をしようとすると、そのようなやり方になるのでしょうか。

ワダ そうですね。アメリカで仕事をする場合は、アメリカ人で日本語が話せるスタッフを雇います。これは、日本人で英語が話せるスタッフではダメなんです。なぜなら、アメリカ人のプロデューサーと交渉しなければいけないからです。中国では、中国人のリサーチャーが必要です。それは、それぞれのコネクションをどこでつけるかなどの情報のためです。あとは、パソコン対応スタッフでしょうか。最近では翌日の撮影予定などがすべてメールで送られてくるので、私だけがスケジュールを知らないわけにはいきませんから。そのつど、その国の特技とコネクションを持っているチームを作っています。

石黒　たしかに、そこまで何でもこなせるマネージャーはいない。プロジェクトごとに、一流のプロフェショナルを集めるのは理想ですが、チームワークづくりが大変でしょう。

ワダ　どこの国でもそうしていますが、タイミングを見計らって、お疲れ様パーティーを開いています。アメリカだと、スターバックスで彼らの好きそうなケーキを何種類かケータリングして、ときたまですが手料理を入れながら、チームワークには特に気をつかっていますよ。

石黒　そこのところは、コスモポリタンな感覚なんですね。

ワダ　でも、私は食べ物が美味しくないといい仕事ができないたちですから、「こしひかり」を世界中に持って行っています（笑）。

石黒　ワダさんの心身の奥底には、日本の伝統文化が間違いなく入り込んでいる。これからも、ボーダーレスで幅広いますますのご活躍をお祈りしております。

ワダ　仕事は年齢でするものではありませんので、努力さえしていれば、いくつになってもチャンスはやって来ます。おもしろい脚本や音楽があるかぎり、常に新しい挑戦をしたいですね。それでも、過去をなぞるようになったらやめるときだと思っています。

石黒　どうも、長野の山荘でくつろぎながら草花の手入れをする日は、まだまだ遠そうです。本日は、楽しく示唆に富んだお話をしていただき、本当にありがとうございました。

後日の円卓にて

芸術家同士の絆

直前にご主人の和田勉さんを亡くされ、延期もやむなしと思っていたが、表に出さず対応していただいた。思い出を綴られた記事を読み、芸術家同士の絆が、お互いの素晴らしい世界を作ったんだなと感じた。（石黒）

学生たちへのまなざし

指導される学生の展覧会を観に行った。若い人を育てる強い想いを感じた。（石黒）

いつも輝きを持って

日本の映画、舞台関係者には、ワダエミさんへもっとオファーを出してほしい。（村松）

明らかに役割以上の仕事をしている。（石黒）

いつも輝いていてほしいですね。（村松）

華やかで凛として

紫のマフラーを纏って来られたが、佇まいが美しい。（石黒）

オーラがあって華やか。（松尾）

凛として、格好良いという言葉がしっくりきました。（村松）

チームワークの中心

スタッフへのきめ細かな
心遣いに惹かれました。（松尾）

仕事の流儀

仕事の内容や相性を
重視されている気がします。（村松）
『乱』は自分から取りに行ったという。
自分がやるんだ、という
強い想いも感じた。（石黒）

異文化の中で

外国での仕事が多い。異文化の中の
仕事が、生きがいなのかも。（石黒）
赤一色を50回染めるほどの色への
こだわりに、日本人らしい
繊細さを感じる。（村松）

好奇心への道標

映画『利休』勅使河原宏監督・ワダエミ衣装演出（１９８９年公開）
『テレビ自叙伝』和田勉著（岩波書店／２００４年）
『わたしが仕事について語るなら』ワダエミ著（ポプラ社／２０１０年）

8

宇宙物理学者

佐藤勝彦

Katsuhiko Sato

第8章
「私たちはどこからきて、どこへいくのか」を問い続けて

佐藤勝彦 *Katsuhiko Sato*

宇宙物理学者。1945年（昭和20年）香川県坂出市出身。京都大学理学部に入学し林忠四郎先生に師事。74年、同大学大学院理学研究科物理学第二専攻博士課程修了。デンマークの北欧物理学研究所の客員教授などを経て、90年に東京大学理学部教授。09年に定年退官し、現在は同大学名誉教授。専門は宇宙論と宇宙物理学で、宇宙の創成と初期宇宙を研究。一般相対性理論と量子力学の融合の研究を行い、81年に「インフレーション理論」を提唱。宇宙論研究に新たな地平を拓いた。

宇宙物理学者の佐藤勝彦先生は、宇宙創成の謎を解き明かして来られた斯界の雄である。宇宙がビッグバンを迎える前、10^{-36}秒から10^{-34}秒という刹那の間に急激に膨張したというインフレーション理論を世界に先駆けて発表。その後の宇宙論発展の礎を築かれた。深い叡智の泉のような、佐藤先生の語りを通じて、気宇壮大な宇宙の謎にフレッシュに感動し、個性的な科学者たちに親しみを覚え、自分の生き方を改めて考え直した。

東日本大震災で明らかになったこと

石黒　日本にとっては未曾有のマグニチュード9・0の大地震、そして大津波とあらためて自然の恐ろしさを思い知らされました。今、私たちは福島第一原発事故の問題を抱えながら復興の最中にあるわけですが、ここ50年間をみても、チリ、アラスカ、スマトラ、そして今回の東北地方太平洋沖と超巨大地震が続いていますから、これからも起こりうる自然現象です。

佐藤　今度の地震では想定外という言葉も出ましたが、私は、地震も原子炉事故も想定外と言えないと思います。残念ながら、人間、技術者、経営者の詰めの甘さが露呈されました。より少ない想定でも、真剣に起こり得ると考えて対応していれば、かなり被害は防げたはずです。やはりリスク管理が甘かったと言わざるを得ません。

石黒　天災に加えて人災の要素が否定しきれないのは残念なことですが、4つのプレートの上にある地震大国としては、科学技術立国に相応しい長期にわたる創造的な復興計画を作って、今度こそやり抜くしかないですね。

佐藤　これまでの時空をはるかに超えた計画を立てるとなると、技術者、経営者の役割と責任はより重大になってきます。技術への信頼を取り戻すためにも、技術者に奮起をうながしたいですね。もちろん、このような状況の中でも、将来のために研究の中断は許されません。政府には科学施設の復興に応急的な手当てをしていただいたことは感謝していますが。

求められる科学、リテラシーの向上

石黒　社会の科学離れが叫ばれて久しいですが、将来に科学技術を役立てるには、個々人の科学リテラシーの向上が急がれます。小惑星探査機「はやぶさ」の帰還、日本人ノーベル賞受賞者の増加などの話題には事欠かないし、お台場の日本科学未来館などの施設もかなり充実してきましたが、あいかわらず子供たちの理科離れは進んでいるようです。

佐藤　最近の日本人ノーベル賞受賞者が業績をあげられた当時は、日本の科学技術は世界トップランクにあったと思います。今は、はたしてどうでしょうか。最近の子供たちの様子を見ますと、頑張って勉強する部分が弱いですね。「はやぶさ」を見に来る子供たちはいっぱいいますから、それをきっかけに科学に興味を持ったまま成長してほしい。でも科学自体が面白くても、数学がネックになって進まない人もいます。日本の教育の課題かもしれませんが、子供たちがもっと理科系に進みやすい環境を整備することから始めることでしょうか。

石黒　どうも、書店へ行っても科学書コーナーには近づきがたい。社長在任中に、社員向けに〝最近読んで面白かった本〟ということで100冊紹介しましたが、経営書とか文芸作品が多くて科学をあつかった本は5、6冊しかありませんでした。それでも最後の100冊目に紹介した本が、S・ワインバーグの『宇宙創成はじめの3分間』（ちくま学芸文庫）でした。若い人たちに、たまには宇宙の始まりのことに目をむけて、気宇壮大な気持ちで取り組むようにとの想いで紹介しました。

佐藤　ビッグバン宇宙論をひろめたこの本は、私が研究を始めたころに出たものですから、もはや古典的名著と言っていいでしょう。ワインバーグとは面識がありますが、個性的で厳しい方といった印象です。いい教科書を書いておられますし、1979年には電磁気力と弱い力を統合する「ワインバーグ＝サラム理論」でノーベル賞を受賞されています。

石黒　佐藤先生は宇宙論について多くの著作があり、サイモン・シンを髣髴とさせる『眠れなくなる宇宙の話』（宝島社）は、面白くて一気に読んでしまいました。こうした入門書でも、本物の科学にふれることができるような本がもっと増えるといいですね。

佐藤　私は日本学術会議の会員ですが、そのなかに宇宙飛行士の毛利衛さんが委員長を務める「科学力増進分科会」があります。テーマはズバリ「科学コミュニケーション」です。こういう活動のほか、私は、東京大学にいたころ、大学院生向けに科学コミュニケーションをテーマにした講義を導入しました。科学者は、自分の研究を世の中の人に自ら発信できなければならないという思いがあったからです。

石黒　科学を社会にわかりやすく伝えるということでは、カール・セーガンやホーキングのような、佐藤先生もそのお一人だと思いますが、日本にはそういう科学者がまだ少ないのが現実でしょう。

佐藤　スティーヴン・ホーキングとは、若いころから交流がありますが、天才肌のすごい方です。20代に書かれた「ブラックホールが消えてなくなる」という論文は衝撃的でした。光さえも吸い込むブラックホールが、時間がたつと逆に素粒子や光を放出して小さくなって消えるという内容でした。
石黒　先生から見ても天才ですか。北京で京劇を観に行ったときでしたが、梨園劇場内でトーキングの写真をみつけて、ここまで来ているのかとびっくりしました。
佐藤　もう好奇心の塊のような人ですからね。わがままなところもありますが、日本の料理にも興味を持たれ、「お好きな日本料理は？」という質問には、「壷焼き」とお答えになりましたよ（笑）。

湯川博士にあこがれた科学少年が宇宙論の世界へ

石黒　先生は子供のころから何でも知りたがりで、テレビまで作ってしまう科学少年だったとか。
佐藤　小学生のころ、近所の壊れたラジオをもらって分解修理して、よく組み立てました。昔は真空管式で回路も目に見えましたから。設計図を頭に入れて自分でハンダ付けが出来たんですね。好きなことを楽しみながら、理論も何となく身についたと思います。
石黒　そして、湯川博士にあこがれて京都大学理学部に入学。ちょうどアメリカのアポロ計画の真っ最中で、宇宙への関心が高まり夢を膨らませた時期ですね。

佐藤　大学で物理の勉強をするうちに、時間と空間の研究がしたくなったんですね。そこで、宇宙物理学の先駆者である林忠四郎先生の研究室に入ったわけです。

石黒　研究室からは、そうそうたる宇宙学者が輩出されていますが、林先生の薫陶はどんなものだったんでしょうか。

佐藤　林先生は基本的な方針だけ示して、後は放任される方でした。しかし評価となるとものすごく厳しい方で、物足りない発表などは人前お構いなくきつく叱られました。先生が人を褒めるのを聞いたことは無かったですね。そうした中で、科学者の問題の立て方や論理構成のやり方を叩き込まれ、その厳しさが私を成長させてくれたと思います。

石黒　今の私たちは気を遣いすぎて、少し褒めすぎかも知れません。人に厳しくするという

ことは、叱る方も継続したパワーが必要になりますから、結構大変なんですね。

佐藤　最近の若い研究者を見ると、何が何でもやりぬくという一念の強さに欠けるように思います。インターネットの発達で情報の伝達がよくなったせいか、有望な研究が知れ渡ると、皆がそこへ集中してしまう。こだわりを持って独自の考えを温めれば、もっと多様な可能性が広がると思うのですが、これなどはインターネットの弊害です。情報の行き届かなかったころは地域ごとに個性ある学派も生まれ、いい意味で切磋琢磨できましたが、これからは多様性を確保できる仕組みが要るでしょう。

宇宙の始まりはすべての原点、宇宙論は天地創造から始まる

石黒　このような混沌とした世相では、何ごとも原点に立ち返ることが大切だと思います。すべての原点は宇宙の始まりにつきるわけですが、なかなかそこまで踏み込んで考えられない。『宇宙137億年の歴史』（角川選書）は、先生が東京大学を退官されるときの最終講義をベースに出された本とうかがいました。その中で、これまで宗教や哲学でしか語ることが出来なかった宇宙の始まりについて、科学的に解明しておられます。多くの科学者が演じる宇宙論進化の壮大なドラマを見るようで圧倒されました。

佐藤 先ほどのワインバーグの『宇宙創成はじめの3分間』が、私の出発点でした。ビッグバン理論では、宇宙の始まりはまだ神にまかされており、なぜ宇宙が「火の玉宇宙」として始まらなければならなかったのかなどについては未解決のままで、矛盾や説明の困難なところがありました。ホーキングもそうですが、私もそこを何とか説明しようとして、ビッグバンの前の研究を始めたわけです。そして、1981年に、宇宙は生まれた直後にすさまじい速度で巨大化して、指数関数的な加速膨張が起こったという「インフレーション理論」を提唱しました。これによって多くの未解決なことが解消されて、科学に基づいた宇宙の始まりのシナリオを書けるようになったと思っています。

石黒 その一方で宇宙論の進化についても、その始まりを明らかにしようと、キリスト教からサハラ砂漠のドコン族まで、世界の天地創造の話を紹介しておられます。

佐藤 これは、実に世界さまざまで多様性がありますね。インドですと、大地の中心にとてつもなく高い山がそびえ、太陽や月、星がこの山の周りを回っていて、その大地は3頭の巨大な象の背中に乗って、その下で亀と蛇が支えているとされていますから、何とも奇妙な宇宙観です。そしてヒンドゥー教には、シバ神が右手に鼓をもってダンスを踊りながら、宇宙の創生、進化、破壊をおこなっている像があります。

石黒 中国の天地創造は盤古でしたか、斧で天地を分けて天を頭で支え大地を足で踏みつける勇壮な物語。この盤古の大きな石像があると聞きましたが、一度見てみたいですね。

佐藤　そうした中では、旧約聖書の「創世記」がいちばん筋道の通った話になっています。でも、私は論理的でなくても日本の神話の素朴さも好きですよ。

石黒　西洋では天地創造の話から近代的科学による宇宙論へと進化がおこりました。宗教とおりあいながらヨーロッパの中世を支配してきた天動説が、コペルニクスからニュートンへと続く科学者の系譜のなかで、地動説へパラダイムシフトする。そして、そこで生まれた埋論は地球に止まらずに普遍的なものとして宇宙にまで広がりをみせるところがすごいですね。東洋や日本でも占星術、暦学、陰陽道は発達したわけですが、なぜか新しい宇宙論は生まれなかった。

佐藤　どうでしょうか。西洋にだけこのような合理的で体系だった宇宙論が生まれたのは、もともと古代ギリシャに合理的な宇宙観があったことと、一神教であるキリスト教の存在が大きく影響していたと思います。東洋でも個々の技術は発達して世界をリードすることはありましたが、科学として体系的にまとめあげられることはなかった。

石黒　こうした近代科学がどこまで真実に迫っているかわかりませんが、まったく違う発想で破天荒な宇宙論があってもいいような気もしますが。

佐藤　最近の宇宙論ですと、「超ひも理論」をベースにして、独自の物理法則を持った多様な宇宙が無限にあるという「マルチバース」の概念が出てきました。これはまさに仏教のマンダラで描かれる「三千大千世界」そのものです。仏様がそれぞれの世界におられるのは、宇宙ごとに異なる物理法則に支配されることと似ています。

石黒　そうですか。宇宙論進化の道筋は、そう単純ではないわけですね。先生は、『宇宙論入門』（岩波新書）のプロローグで「ビッグクランチからの脱出」を書いておられますが、ビッグバン暦１９９９億年には度肝をぬかれました。宇宙の未来となるとＳＦと見境がつかなくなるのかもしれませんが、是非とも、あの続きを書いて欲しいですね（笑）。こういう新しい発想が出て来る宇宙論の世界は、オープンで柔軟性にあふれています。

佐藤　それが宇宙物理の面白さです。論理を突き詰めると思いがけない結論に至ることもあるんです。

宇宙論の進化は、理論と実験・観測の組み合わせ

石黒　真偽のほどは別にして、『ケプラー疑惑』（地人書館）はヨハネス・ケプラーがティコ・ブラーエを毒殺したのではないかと嫌疑をかけられる本ですが、こうした人間模様を想像してみると科学者を身近に感じます。

佐藤　ブラーエはその当時の最高の天文学者で、デンマークのベーン島には今でも天文台が残されていますが、多くの観測データを持っていました。ケプラーにとっては、自分の数学的な理論を証明するためにもブラーエの観測データは何としても手に入れたいところです。それが、1991年にブラーエの毛髪から高い水銀濃度が検出されたところから、毒殺説が唱えられたわけです。

石黒　事実、ケプラーはブラーエの死後に残した観測記録を使って、ケプラーの3法則を考え出していますから、なかなか面白いストーリー展開です。このころからすでに理論と実験・観測は、欠かせない組み合わせだったんですね。

佐藤　いつの時代も、科学は理論と実験・観測のマッチングで進展します。特に宇宙論では、理論が先に出てから、後で観測技術によって検証されることが多いですね。その観測技術の発達も、今ではすばる望遠鏡のような直径10メートルの巨大なものから、ハッブル望遠鏡のように人工衛星に載せて宇宙の果てまで見えるようになってきましたから、目覚ましいものがあります。

石黒　1940年代の後半ですか、ジョージ・ガモフがビッグバン理論を提唱したのは。そこで予言したマイクロ波の残光が観測によって確認されたのは20年後だそうですが、あまりにも長かった。

佐藤　そうですね。おそらく10年後には観測できる状況だったと思います。宇宙は永遠に過去から未来へ続くという、それまで主流だった「定常宇宙論」を大胆に覆す仮説でしたから、観測側も重要視しなくて誰も具体的に考えなかったんです。ガモフはノーベル賞に値しましたが、結局間に合わず、早世しました。宇宙が膨張しているのを発見したエドウィン・ハッブルも当然ノーベル賞をもらっていいはずでしたが、やはり早く亡くなりました。宇宙に始まりがある証拠を見つけ、彼はそれまでの宇宙観をがらりと変えた人なんです。

石黒　その宇宙膨張の観測事実によって、〝宇宙項の導入は生涯最大の過ち〟と、アインシュタインを嘆かせた話は多くの示唆に富んだエピソードです。

佐藤　まさに歴史の皮肉というか、人間の偏見の根強さを物語ります。アインシュタインは自分の方程式に忠実になれば、宇宙を膨張する解を導けたはずです。それが「静止宇宙モデル」という固定観念のために、元の方程式を否定して「宇宙項」を加えてしまった。そして、ハッブルの観測によって覆されてしまいますが、科学者としてすべきじゃない行為でした。それが、私の唱えたインフレーション理論によって、「宇宙項」の重要性が復活するわけですから、毀誉褒貶激しいです。

石黒　佐藤先生に、アインシュタインも感謝ですか（笑）。

定着したインフレーション理論、宇宙年齢は１３７億歳±1.2億歳

石黒　新しい理論が受け入れられるには多くの批判と反論に立ち向かわなければならないと思うのですが、インフレーションモデルを提唱されたときの反響は。

佐藤　私は、大きな宇宙に対してもっともミクロの世界の理論である素粒子を持ち出して、宇宙はビッグバン以前に急激な膨張が起きたと説明しました。特に、素粒子の研究者からの反発がかなり強かったですね。なかには、夢物語という批判を浴びせる人もいました。初めこの理論を私は「指数関数的膨張モデル」と呼びましたが、同じような研究を発表したアレ

ン・グースの論文から「インフレーションモデル」と一般的に呼ばれるようになりました。今では、これは「元祖インフレーションモデル」と言われていますから、この理論が宇宙初期のモデルとして定着したことはたしかです。

石黒　インフレーションモデルは、観測事実によってどこまで検証されたと考えればいいのでしょうか。

佐藤　COBE、WMAPといった最近の探査衛星によって、宇宙から到達する電波を調べると、ゆらぎ、でこぼこが見えます。それらがインフレーション理論の予言とピタッと当てはまるんです。今後、重力波が観測できればもっとよい補強になります。日本でも神岡鉱山に観測施設が建設されつつあります。宇宙初期の重力波までとらえる性能は出ませんが、そちらは将来宇宙に打ち上げられる宇宙レーザ干渉計、LISAなどに期待したいと思います。

石黒　近いうちの観測による重力波発見の朗報を待ちたいですね。そうなると、宇宙創成の究極の謎は、インフレーションが起こる前の宇宙そのものの誕生ということになります。

佐藤　無から有が生まれたという話になりますが、うまく説明できないところがあります。インフレーション理論のベースにある一般相対性理論と量子力学とは、仲の悪い男女が無理やり同居しているような相性の悪さがあって、解明が難しいんですね。新たな説明原理として期待されるのが「超ひも理論」です。すると、もう宇宙は無限にたくさん存在することに

なる。するとまた新しい謎が生まれるんです。アインシュタインは〝知れば知るほど謎を発見する〟といいました。まったくその通りで、新しい謎を見つけることが、学問の進化かもしれません。

石黒　最近のWMAPの発表した宇宙年齢は137億歳±1.2億歳と、もっともらしく聞こえますが。

佐藤　WMAPでの5年間の観測データを解析してみると、上から3桁の数字、137はピタッと決まるのです。20年前は100億年か、200億年かという大雑把なものでしたから、それまでと比べると大変な進歩でしょう。その一方で、いまだ正体不明の暗黒物質や暗黒エネルギーが宇宙全体の95・4％を占めているとありますから、これを解くのが21世紀の宇宙論となります。これには、宇宙の次元は本来10次元とか11次元という「超ひも理論」から導かれる「ブレーン宇宙モデル」という革命的な理論が提唱されており、この宇宙のあらたな謎に迫ろうと研究されています。

石黒　遺伝子学者の村上和雄先生は、〝遺伝子の95％が眠って機能していない状態〟とおっしゃっていました。私たちは科学技術の加速的な進歩と言っていますが、人間も宇宙もやっと少しずつわかり始めたということになりますね。

佐藤　近代科学による人間と宇宙の真実へのアプローチは、まだまだ始まったばかりと言っていいでしょう。そして、宇宙を考えることは、実は私たち自身を考えることにつながります。私は科学の目的は、自分を知ることだと思います。〝私たちはどこからきて、どこへいくのか〟この命題を科学的手法で解明していくわけです。ところがその過程で、心の発達が遅れている。科学の発達で得た果実を応用して、文明は発展しますが、ともすると赤ちゃんが機関銃を持つようなケースになりかねない。今は危機の時代にあり、科学者と技術者の責任は重いですね。

石黒　このごろの利便性だけを求めるインターネット社会を考えるにつけ、心がともなっていない科学の進歩は、諸刃の剣だと痛感します。私たちも、ときには宇宙という原点に立ち戻って、「宇宙に、お天道様に恥じないか」と問いかけていくことが大切なんだとあらためて思いました。今日は、時空を超えたスケールの大きいお話を有難うございました。

後日の円卓にて

スウェーデンで山ごもり

20名ほどの世界的な宇宙物理学者とともに
合宿をされたそうだ。
このなかから未来のノーベル賞受賞者が
出るかも。佐藤さんにもらってほしい。（石黒）

レベルの違う科学少年

子どもの頃、テレビを組み立てたと
嬉しそうに話された。（村松）
ラジオは科学少年なら誰でも
組み立てるけど、テレビはレベルが違う。（石黒）
純粋に科学に入り込んで、
そのまま成長された。（内田）
今もその科学少年の面影が残っている。（石黒）

宇宙論のメッセンジャー

宇宙論をわかりやすく
人々に伝えることに、
貢献されている。（石黒）
普通の人の目線で
話してくださるのが有難い。
まさにメッセンジャー。（村松）

生きることを考える

宇宙を考えることが自分を知ることと聞き、
すごくしっくりときた。（村松）
生きることは生かされていること。
さまざまに目を開かせていただいた。（松尾）
すべての根源を、日々考えていらっしゃる
わけですからね。（石黒）

もっと語りたい宇宙論

対談後、大いに刺激を受けて
宇宙論を読んでいる。（石黒）
宇宙論は踏み込めば
踏み込むほど面白い。（内田）

ホーキングに近づいた

彼方の宇宙や
ホーキングさんに、
少し近づけた気がします。（村松）

好奇心への道標

『ケプラー疑惑』ジョシュア・ギルダー、アン・リー・ギルダー著（地人書館／2006年）
『眠れなくなる宇宙のはなし』佐藤勝彦著（宝島社／2008年）
『宇宙137億年の歴史 佐藤勝彦 最終講義』佐藤勝彦著（角川学芸出版／2010年）

9

IBMゼネラル・ビジネス部門副社長

フンメン・オン

Hoon Meng Ong

第9章

異文化交流で大切なのは、オープンな心と謙虚さ

フンメン・オン *Hoon Meng Ong*

IBMゼネラル・ビジネス部門副社長。シンガポール生まれ。シンガポール国立大学で経営学を学び、卒業後の1982年IBMシンガポールに入社。米国やアジア、また日本などを経て、現在は上海を拠点にしてIBMゼネラル・ビジネス部門の新興国市場担当の副社長を務める。

IBMゼネラル・ビジネス部門の新興国市場担当として世界各国を駆けめぐるフンメン・オンさんは、多民族国家シンガポールで育んだ繊細な国際感覚を持って、数多くの言語を操るグローバルなビジネスマンだ。多忙なスケジュールの合間を縫って、JBCN上海のオフィスにお招きしたフンメンさんと、躍進著しいシンガポールのこと、グローバルに活躍するビジネスマンの日頃の考えなどについて語りあった。グローバリゼーションが進む中で、国際人としてどうあるべきか。フンメンさんの誠実かつ丁寧な語りが、その姿をおのずと浮き彫りにした。

両親から学んだこと、そして子どもたちへ伝えること

石黒　グローバリゼーションは中国語で言うと「全球化」でしたか。まさに地球レベルで、経済だけでなく政治・社会、そして私たちの生活まで含めて変わりつつあります。今日は、そんなグローバリゼーションが進む中で、IBMで世界を飛び回って活躍しておられるシンガポール人のフンメン・オンさんと上海でお話ができるということで楽しみにして来ました。

フンメン　IBMでは170カ国に及ぶ新興国のITビジネスの市場拡大を担当していますので、月に1、2週間上海にいれば長い方です。私も久しぶりに石黒さんとJBCN上海のオフィスでお会いできるということで楽しみにしていました。

石黒　シンガポールは中国系・マレー系・インド系からなる多民族国家ですが、フンメンさんは名前からして中国系だと思いますが、一族はどちらのご出身ですか。

フンメン　福建省です。フンメン・オンは、漢字で「王雲鳴」と書きます。今は、中国系シンガポール人の比率が77%と高くなっています。

石黒　生い立ちについて伺いますと、ご両親から多大な影響を受けられたようですが。

フンメン　私は4人兄弟の長男ですが、父は、製缶工場の見習いから入り、そこから努力して経営者にまで上り詰めました。仕事を終えてからも勉学に励むという向上心の強い父を見て、私も継続的な自己研鑽と新しいことに挑戦する姿勢が培われたと思います。母も自分を高めることに熱心で、何事に対しても決して諦めない頑張り屋です。でも、子どもたちは私の時代とは様子が違います。インターネットでコミュニケーションし、その交流から学ぶことが多くなりました。子どもたちが異文化に接して学び、国際社会になじみ成功することを願っています。4人の子のうち、上の娘二人はニューヨークの大学を出てそれぞれ金融、ジャーナリズムの世界で働き始めました。

石黒　子どもの教育を大切にするのはご両親譲りですね。幼少期から異文化に接し、違う考えの人と学びスポーツをしたり遊んだり、これからの時代にあった恵まれた環境で育てられたわけですね。

国際ビジネスマンとしての出発点

石黒　シンガポール国立大学を卒業されて、シンガポール政府や国内企業で働く人たちが多い中で、ＩＢＭに入られたきっかけは何ですか。

フンメン　大学では経営学を選びましたが、当時は世界経済が好調で多くの就職口がありました。その一つにＩＢＭがあり、好奇心から面接に臨んだのですが、とても印象的でよく覚えています。アメリカ人の面接官から「試験にはどのように備えますか」と質問があり、「予想して、重点的に勉強します」と答えました。面接官の顔に笑みが浮かぶのを見て、彼が知識だけでなく、人となりを見ているのだなと思いました。

石黒　人を見るときは本人のやる気や対応力を見たいですが、短い時間で特に対応力を見るのは難しい。その面接官はきっとフンメンさんの重点思考を見抜いたんでしょう。

フンメン　そうだと思います。自分もマネージャーとして面接するようになり、あの面接官はビジネス上の問題解決能力を見ていたのだと。私たちは膨大なデータから素早く問題点を抽出し、一番重要な因子を見つけることを求められます。30年前に、面接官は私にそれを教えてくれたのです。

食に見る異文化フュージョン

石黒　年の大半は出張のようで、アフリカ、中近東、東欧となると食習慣も違って大変だと思いますが、食事はどのようにしておられますか。

フンメン　料理も一つの文化ですから、できるだけ現地の料理を積極的に食べるようにしています。現地での食事を通して異文化交流をおこないながら、信頼関係を築くことができます。でも、現地の同僚たちが気を利かして中華レストランに連れて行ってくれることが多いですが、中華料理も地域によって本当にいろいろあるものだと感心します。

石黒　私も出張が重なるとつい日本食となりますが、現地化した奇妙な日本食にぶつかって面食らうこともあります。東京のシンガポール・レストランで海南風のチキンライスを食べたことがありますが、少し味が違うような気もしました。

フンメン　料理も国外に出るとその土地になじむのでは。海南チキンライスとチリクラブは、私の得意料理ですからよくわかります。東京のは塩辛く味付けされていて、シンガポールではスパイスを利かせますから風味に違いが出てくる。

石黒　詳しいですね（笑）。シンガポール人は、ホーカー（屋台）の外食中心であまり白炊はしないと聞いていましたが、ご自分で料理をされるんですか。

フンメン　家族が一堂に会する機会は少なくなりましたが、そのときは日ごろのリカバリーをしようと、ここぞと腕をふるいますよ（笑）。

石黒　チリクラブを食べてみると、中華のカニ料理にマレー風の辛味のきいたサンバル・ソースがかかって、いかにもシンガポールのフュージョン料理らしい。コアバリューにその地域のテイストを加えて新しい旨味を生み出している。

フンメン　食もそうですが、ビジネスも同様です。経営の基本は変わりませんが、各地で微妙に色合いが異なります。日本では顧客との信頼関係が特に重視されるように、同じコアバリューでありながら、地域ごとに個性が出るというフュージョンが国際企業の面白さでしょう。

強力なリーダーシップに支えられたシンガポールの繁栄

石黒　シンガポールの「マリーナベイ・サンズ」の空中庭園が話題を呼んでいますが、活気づいている母国をどのようにみていらっしゃいますか。

フンメン　もちろん、国民の一人として誇りに思っています。国土が狭く資源もない国が世界の魅力的な地域となるために、オープンな経済・社会をめざして来ました。政府の公共分野への取り組みとともに、人々も教育熱心で語学教育を充実させて世界で活躍できる人材育成が進められています。私も英語に加えてマンダリン語などを勉強しました。海外資本や優秀な人材を呼び込んで国が活性化し、このように繁栄していることは嬉しいことです。

石黒　シンガポールは、清潔で綺麗な街であるとともに規制の罰金（ファイン）が厳しく、まさに「ファイン・シティ」です。そして強力なリーダーシップを前提とした都市国家で、経済発展による豊かな生活と国民生活への強い干渉がトレードオフになっているような気がします。ですから、リーダーには継続的な発展と成長がもとめられるプレッシャーがあって、政治にいつも緊張感がある。60年の歴史をみても、圧倒的にリー・クアン・ユーさんの存在が大きいですね。

フンメン　経済の発展途上にあった旧世代のシンガポールでは、強力なリーダーシップによる長期的な成長戦略が実行されて、それが今日の繁栄をもたらした。これからは不透明な時代であり、新しいタイプのリーダーシップが必要です。ネット社会で育った若い世代の向上心を引き出す、多様性のある広い視野をもったリーダーが、今後のシンガポールの成長を引っ張っていくと思います。企業もおなじように、その時代にあったリーダーシップの発揮と不断のイノベーションを続けていかないと成長はできない。

石黒　ビジネス環境もそうですが、企業の発展段階によってもリーダーシップの発揮の仕方は変わる。国家も、平時と困難や危機の時代とでは期待されるリーダーシップ像は自ずと変わって来る。今、日本は強いリーダーが望まれているときです。それも、救世主のようなリーダーの出現をただ待つのでなく、今は強いリーダーを育てるという国民の度量と意識の成熟さが求められていると思っています。私たちのビジネス・フォーラムで講演をしていただいた外交ジャーナリストの手嶋龍一さんは、大胆にも「この危機の中でリーダーがいないのなら、外部から連れてきたらどうか」として、痛烈なジョークでしょうが、リー・クアン・ユーさんの名前をあげていましたよ(笑)。

フンメン　日本は経済大国で多くの優良企業があり、高い生産性を誇る一方、少子高齢化社会という問題に直面しています。舵取りは簡単ではありません。シンガポールで力を発揮したリー・クアン・ユーさんは、強いチームを作って問題に対処してきました。私たちのIBMも、優れたリーダーであるサム・パルミサーノCEOが一人で経営しているわけではありません。企業も国も一人ではなく、チームとして機能することが重要です。

多文化共生の日常

石黒　先ほどフンメンさんも言われたように、シンガポールでは語学教育に熱心で、国は3ヶ国語を話せるようにしたいと進めたこともあるそうですが。

フンメン　流石にそれはうまくいきませんでしたが、英語に加えて母国語を話すことが求められています。一般的には、職場で英語、家庭で母国語を話します。若い世代は学校で英語を勉強しますから、子どもが学校に上がると家でも英語を話します。私は両親と中国語で会話し、中国人ですがインドネシア生まれの妻とは英語で話します。

石黒　家の内外で違う言葉を使い、各自の民族の生活習慣を守りながら宗教も異なるとなると、シンガポール人としての括りに戸惑います。

フンメン　道端で様々な言語が聞こえるところで成長すると、多文化共生の環境に順応します。公共の場で隣に座る人が、違う服装で違う言葉を話し、違うものを食べる。それは私にとっては日常ですね。友人にインド人やマレー人もいますが、人種を考えることはありません。興味深い社会です。民族ごとに違う休日を祝い、違う料理を食べますが、すべて混在する。それがシンガポールです。

石黒　シングリッシュと呼ばれるシンガポーリアン・イングリッシュは、言葉を繰り返し時制の動詞変化がないところは中国語に近いような気もしますが、実践的でわかりやすい。若い人はあまり使わなくなって来たようですね。

フンメン　シングリッシュは国内で話すだけなら問題ないのですが、海外では正しい言葉を使って理解してもらわなくてはいけません。独自性を維持し、アイデンティティを持つことは大切ですが、他国とつながりを持つためにバランスが必要です。学校で正しい英語を教育し、公式の場では正しい英語を使う必要があります。

石黒　言葉をコミュニケーション・ツールとしてとらえるとそうなりますが、地域の言葉は歴史と文化に密接なつながりがあり、そこにある「言霊」のようなものは大切にして残したいです。

世界は多極化しながらアジア・シフトが進む

石黒　ＩＢＭシンガポールに入社されて、米国、アジア、日本、そして上海と多彩なキャリアを積んでおられますが、はじめから海外での仕事を意識しておられたわけですね。

フンメン　入社時に、香港で1年程度の営業研修があり、自分の視野と考え方が広がりました。ＩＢＭは社員に国際的な仕事を与える企業ですが、チャンスはすぐに来るわけではありません。先ずは、シンガポールで実績をあげようとビジネス拡大に専念しました。そして会社への貢献を重ねながら、海外で仕事をするチャンスをつかみました。

石黒　海外では、考え方の違う人と仕事をして戸惑いもあったのでは。ややステレオタイプな見方ですが、目標やビジョンを定めて論理的に達成方法を展開するいわゆる西洋のやり方と、現場を見て問題を探りながら物事を解決して進めていく方法とでは大きな違いがありますから。

フンメン　その点は重要です。私は、実際には西洋的・東洋的の両方の進め方を状況に応じて併用してきました。会社がうまくいっていない場合は少し強いスタイルで経営を進め、安定してきたらより柔軟性を持っていくやり方です。西洋のスタイルでは、オープンな環境のなかで議論を深めていきます。東洋文化のなかでは、ボディ・ランゲージがありますからあまり語りません。特に日本では語りすぎないようにしてきました。いずれにせよ、少しでも誠心誠意のコミュニケーションを図り、周囲と信頼を築くことが大事です。

石黒　フンメンさんは3つの文化が共存するシンガポールで育っていますから、対応の仕方に柔軟性がある。私なんか、アメリカ人の明快に論理展開で押し通そうとするビジネスのやり方には、ときには深みのない幼稚さと傲慢さを感じるときがある。人間社会はもっと複雑で、そんなに単純にわり切れるものでないと。キショール・マブバニはシンガポールを代表する学者ですが、『「アジア半球」が世界を動かす』の中で、イデオロギーによる一元的なものの見方でなく、その地域や国にあった現実主義的な対応の大切さを主張していますが、この考えには納得がいきます。たしかに、これからの激変の時代の中で台頭する新興国のことを考えますと、その国のやり方を尊重したうえで話し合う柔軟で実践的な対応が必要だと思います。

フンメン　中国の自動車台数は２００５年の３００万台から、２０１０年に北京だけで４００万台に増え、携帯電話の契約数は２００５年の3億件が２０１０年に8億件へ膨張しました。想像を超えた成長スピードです。インドも5年スパンで見ると10倍の経済成長を遂げています。世界は多極化をしながらアジア・シフトが進むと思っています。

新興国におけるスマーター・プラネット構想

石黒　アフリカは政治的混乱をきたしている地域もありますが、ケニアのように新しい国のあり方をもとめて活気を呈しているところもあります。インターネットの普及度合いはインドより進んでいるようですが、アフリカにおけるビジネスの可能性はどう見ていますか。

フンメン　ボツワナのように資源に恵まれて繁栄している国もありますが、むしろ資源に恵まれていない国の方がITに力をいれていますから、インフラ構築からネットワーク通信、銀行などのビジネスは大いにポテンシャルがあります。IBMのアフリカ・ビジネスは1950年代のエジプトが出発点ですが、急激に経済発展が進む中で非常に期待感に満ちています。

石黒　IBMが提唱するスマーター・プラネット構想は、都市の環境問題とか社会インフラへの対応をスマーター・コミュニティー構築の中でおこなうとしています。このようなIBMらしいスケールの大きい発想は、これからの新興

国の発展に大きく寄与できるようにも思えます。

フンメン　これは、ＩＢＭだけで実現できる話ではありませんが、その国の発展に役立っていきたいですね。ニューヨーク市警察の安全都市への取り組み、シンガポールの交通渋滞の解消プロジェクト、インドにおける都市開発のようなケースは、新興国でも同様なニーズはあります。特に医療や健康のような分野は喫緊の課題であり、すでに成熟したソリューションの先進事例が世界にはありますから、クラウドのような新しい技術を使って展開ができたらいいと思っています。

国際人に必要なのは「謙虚さ」

石黒　人・モノ・金といいますが、グローバリゼーションの進展に人事面でのグローバル化が追いついていないような気がします。私たちは、アジアを中心に海外事業展開を進めていますが、異文化の中で通用する人材の育成が大きな課題です。その一方で、現地の優秀な人たちを早く登用した方がグループ全体の活気も出てくるのはたしかで、そういう人事面からのグローバル化が急務です。

フンメン　経営層となると、英語にくわえて現地語が少しでも話せるのが望ましいですが、何よりも現地の文化をよく理解してその国が好きになることでしょうね。

石黒　フンメンさんは、シンガポール人としての誇りをもって、英語や中国語そして時には現地の言語を使って、ビジネスの市場開発に取り組んでおられる。そして、母国と家族、さらには自分への強い思いを持って、この激動の時代に真の国際人として役割を果たしておられると感じます。

フンメン　国際人とは過分にご評価いただきましたが、私はまだ自分を学生だと思って、グローバルな世界で一生懸命学んでいます。偏見なくオープンな心で人に接すると、世界は途轍もなく面白く、わくわくする楽しい場になります。そこで獲得する知識や経験は非常に豊かで、友人たちをはじめ、お金では買えない貴重な財産ばかりです。これからも、文化や風土、生活習慣が異なる国々でいろいろな人たちと交流をしながら、その国の成長発展に貢献できるビジネスを推進したいと思っています。

石黒　今のお話を伺っていますと、国際人として生きていくには、自分の考えをしっかりともってオープンな心で柔軟に対応すること。そして何よりも大切なのは、真摯に学ぶ「謙虚さ」だと思いました。本日は示唆に富む貴重なお話の数々、ありがとうございました。

後日の円卓にて

人とのつながり

新会社ＪＢタイのバンコクでの開業式に飛んできて、
スピーチしていただく。アセアン実業界の有名人の
フンメンさんのスピーチは絶大な効果があり、有難かった。
フンメンさんは、人とのつながりを大事にする国際人だ。（石黒）

食のフュージョン

料理が趣味で、海南チキンライスの
作り方を話されたのが印象的。（村松）
現地で食べたインド料理もうまかったし、
東京で食べたチリクラブもよかった。
食はやはりフュージョン。（石黒）

家族愛と国家愛

ご両親、奥様、お子さんを
大切にする気持ちが伝わってきた。
多民族の環境で暮らしていると、
家族がユニットとして
強く意識されるのかもしれない。（石黒）
自分がシンガポール人だという
誇りを感じました。（村松）

スマートなビジネスマン

超のつくエリートで、
論理的で隙がない。（石黒）
国際感覚が身についた
スマートなビジネスマンでした。（村松）

多言語を操る頭

中国では、英語、中国語、日本語を
織り交ぜた会話になることも多く、
切り替えの難しさがある。
環境とはいえ、多言語を
使いこなすフンメンさんはさすがだ。（石黒）

世界で働く方法論

フンメンさんは、仕事の進め方に
確固たる方法論を持っている。
世界で、異文化の中で仕事するには、
それが大切なことだ。（石黒）
だから今の仕事が合っているのかも
しれませんね。（村松）

好奇心への道標

『アジア二都物語―シンガポールと香港』岩崎育夫著（中央公論新社／２００／年）
『「アジア半球」が世界を動かす』キショール・マブバニ著（日経ＢＰ社／２０１０年）
『世界をより良いものへと変えていく』スティーブ・ハム他著（ピアソン桐原／２０１１年）

10

元世界銀行副総裁

西水美恵子

Mieko Nishimizu

第10章

本物のリーダーは燃える情熱に根ざす

西水美恵子 *Mieko Nishimizu*

元世界銀行副総裁。大阪府豊中市に生まれ、北海道美唄市で育つ。米国で経済学者となり、プリンストン大学に助教授として勤務。その後、世界銀行に入行、融資担当局長などを経て、南アジア地域担当の副総裁を務める。世銀退職後は、世界を舞台に、就筆、講演、アドバイザー活動を継続。現在はシンクタンク・ソフィアバンクのシニアパートナー。

気鋭の経済学者であった西水美恵子さんは、ある壮絶な体験を経て銀行家となった。その目的は「貧困のない世界をつくる」こと。その理想に挑んだ西水さんは、いつしか〝鉄の女〟と呼ばれ、職場である世界銀行の副総裁として、燃える情熱から湧き起こるリーダーシップを発揮。世界を変える仕事を、いくつも成し遂げていった。世銀を離れても、常に新たな道を拓いていく西水さんのパッションに、日々の行動への大いなる刺激を受けた。

人間の幸せを中心とする経営、国民の幸福を中心に考えるブータン

石黒　かんてんぱぱの伊那食品さんは、ＪＢグループのお客様でもありますが、長野の信州に行ってこられたと伺いましたが。

西水　昨年の春のことです。人間の幸せからの発想を取り入れた経営をしておられるということで、伊那食品に関心を持っていました。私はブータン王国で、国民の幸福を中心に政策

を考えることを学び、それを現実にどう実践するか一生懸命考えてきました。それが、伊那食品さんでも同じように、人間の幸せを中心とする哲学を経営に反映して取り組んでおられました。

石黒　私もお邪魔をしたときに、塚越寛会長と営業目標について話したことがあります。「営業の数値目標はない。永続的な成長が大切で、急激に伸ばすことは社員にとって必ずしも幸せではない」と徹底しておられました。高い目標を掲げて常々成長を声高に言ってきた私には、企業の存在価値をあらためて考えさせられました。

西水　何のために成長するのかということですね。

石黒　お話に出ましたブータンを最近訪問されていたとか。先般来日されたワンチュク国王陛下と民間出身のペマ王妃との結婚式は、話題になりました。

西水　その結婚式の祝典に招待され、夫婦で参加しました。首都ティンプーの大会場に、国民が何万人も集まって祝福するというもので、外国からは各国の大使と南アジア地域の若いリーダーたち、報道陣と私たち夫婦だけの参加でした。国王が結婚の報告をすると、国民が「タシデレ（おめでとう）」と叫び、国王に王妃へのキスを要求し、国王が応えるなど、本当に国民のための披露宴でした。

石黒　ブータンと聞くと、私たちにはシャングリラのような秘境の情景が思い浮かびます。

西水　世界銀行（世銀）在籍時に初めて行った１９９７年から毎年1回は訪れています。世銀を辞めるとき、お別れの挨拶に行くと、先代国王陛下（雷龍王4世）から「これから毎年一回は観光客で来るように」とのお達しを受けました。ブータンは九州ほどの国土に人口は約67万人。そういう小さな国の指導者層は親戚筋が多く、気を遣わなければならず相談相手がいなかった。外国人の私の方が気が紛れて、口も堅いと見込まれて「私はゴミ箱ですから全部吐き出してください」と話し相手になることが多く、その役目を続けてほしいという思いもお持ちだったのでしょう。

心の豊かさと自然を重んじた近代化を進めるブータン

石黒　ブータンというと、Gross National Happiness（ＧＮＨ：国民総幸福量）という公益政策哲学が注目されています。ＧＤＰは所詮ＧＮＨの一部に過ぎないと、心の豊かさを第一に自然との関係を重んじた近代化を進めているそうですが、美しい自然の中で悠久のときが流れ、国民もゆったり暮らすイメージがあります。

西水　日本の江戸末期、明治初期のような感じだと思います。イギリス人女性のイザベラ・バードほか、多くの外国人が日本を訪れ、日記や紀行文を残しています。それらを読むと、ブータンが思い浮かびます。

石黒　私も、実はブータンの国民性は、渡辺京二さんの『逝きし世の面影』に書かれた日本に近いと思っていました。日本は急速な近代化を進める中で、そのころに来日した外国人が感じた、いい意味での美徳はかなり失われてしまいました。

西水　日本は、明治時代に富国強兵の政策を強力に押し進めました。ブータンの先代国王陛下は大変な勉強家で、そういうことも学ばれています。17歳で即位し、国内をくまなく歩いて何年もかけて国民に会い、彼らの希望や夢を聞かれました。先代陛下のおっしゃるには、物質的には貧しいけれど精神的な豊かさがあり、なんて幸せな国民だろうと感銘を受けたそうです。中国、インドという大国に挟まれ、外から侵入も受けてきたブータンには、常に危機感があります。先代陛下は特に、国家安泰の最高責任者として大変な危機感をお持ちで、小国ブータンは富国強兵では立ち行かないこと、滅亡する国家は国民が不幸であることをよく理解されていた。そこで人間の幸福を中心に据え、国民一人ひとりが幸せを追求し、政治はそのための障害を取り除くものとの哲学で、

近代化を進めてこられたのです。

石黒　最近、日本でもブータンの記事をよく見かけます。首都ティンプーにバブル経済の波が押し寄せ、10年間で首都人口は3倍に膨れあがり、建設ラッシュで昨年のGDPは7・4%の成長とありました。グローバリゼーションの荒波にさらされると、これからはブータンといえども文化や自然を守るのは容易ではないでしょう。

西水　日本なら蚊に刺されるようなショックでも、ブータンでは大変なことになります。覚悟の選択ですが、インドとカレンシーボードを結び金融政策で依存していますから、高度成長期にあるインドの少しバブル的な面での伝染病がブータンにもきている。先代陛下は100年後を見据え、ブータンの文明、言語、宗教、自然といったものが大きく変わってしまうことを心配されています。それでも、チャレンジしながら新しい近代化を進めようと試行錯誤しています。

エジプトでの壮絶な体験、気鋭の経済学者から銀行家へ

石黒　西水さんが月刊誌『選択』に『思い出の国・忘れえぬ人々』を連載されたのは、もう5、6年前になりますか。熟考された説得力のある文章から、一本筋が通った思いが伝わっ

てくるようでした。それをもとに上梓された『国をつくるという仕事』は、リーダーを目指す人たちが読むには格好の本ですね。

西水　ありがとうございます。世銀では、出張の計画書、報告書の提出は部長まで、局長や副総裁にはありません。そこで、自分が局長になったとき、出張の旅日記を書いて部下とその家族、上司に配布したんです。周りの専門職の部下は年上の経験豊富な男性ばかりでした。彼らに教えてもらいながら仕事をするには、腹を割って話のできる環境づくりが不可欠です。何でもオープンに見せようという思いから始めた旅日記を、皆喜んで読んでくれました。英語でつけたその旅日記が、執筆するときに役立ちました。

石黒　西水さんは、ジョンズ・ホプキンス大学で博士号を取得され、名門プリンストン大学の助教授に就任し、気鋭の経済学者として順風満帆な学究生活を送っておられた。それが一転して、世界銀行に転職される。そのきっかけになったエジプトでの壮絶な体験を紹介しておられましたが、実に心打たれる話でした。

西水　カイロの死人の町は、高級住宅街の真ん中にある墓地です。富裕層の大理石の立派なお墓があって、その周囲を黒塗りのベンツが行き来する。そういう場所に住む家もなく住み着いた人たちがいる。社会的、経済的格差が如実に表れています。そこを訪れて、自分の腕に抱えたナディアという女の子が、突然死んでしまった。救えるはずだった命が喪われた。

そのとき、私は一瞬、異常な精神状態で天に向かって叫んだんですが、自分では覚えていない。同行したエジプト人女性が後で教えてくれました。「Show Your Face If You Dare, I'll Break Your Nose!（見せる顔があったら、鼻面をへし折ってやる!）」、そんなひどい言葉を吐くほどにショックを受けました。自分のエコノミストとしてのあり方に目を向けて、貧困をなくす夢を追うようになるのですが、そうしなければ救われなかったと思います。

石黒　まさに、心の底からこみ上げてくる義憤だと感じました。私は、そこから私利私欲をこえた公欲が自然と沸き起こってくるのは、子どものころの育った家庭環境が大きく影響している気がします。

西水　北海道の片田舎の大自然の中でのびのびと遊んでいただけで、特に変わったことはありません。それでも、母は世界へ出て行くとき、「日本人の魂と日本語を決して忘れないで」と背中を押してくれました。

石黒　昨今の子離れができない親が多い中で有難いですね。

西水　母は父と共に突き放してくれ、祖父たちは行け行けと言ってくれました。母方の祖父は海軍の軍艦乗り。祖父の家に遊びに行くと、縁側でお茶を飲みながら、人としてのあり方を説かれました。「人の上に立つなら、心を込めて便所掃除から始めなさい。おじいちゃんも軍艦でやってきた」とリーダーの心構えを教わったことを良く覚えています。

世界銀行とIMF、そして国際金融機関の役割とは

石黒 世銀では発展途上国の貧困解消につとめられるわけですが、経済学者としては、国際経済に影響力のあるチーフ・エコノミストに関心があったのでは。

西水 私が世銀に来たのは、貧困を無くそうとする夢を実現することでしたから、もっぱら現場に出て第一線で仕事をしたいと思っていました。

石黒 世銀のチーフ・エコノミストは、ローレンス・サマーズとかジョセフ・スティグリッツと錚々たる面々ですが、スティグリッツとは一緒に仕事をされたことは。

西水 スティグリッツは、私の唯一尊敬する経済学者です。彼は、私が世銀の副総裁の時代は、チーフ・エコノミストを務めていました。二人三脚でいろんな仕事をやりました。私と反逆児的なところがよく似ています（笑）。

石黒 スティグリッツは米国より海外で人気があるようですが（笑）、『世界を不幸にしたグローバリズムの正体』の中で、さすがに世銀についてはあまり触れないで、ＩＭＦのやり方を厳しく批判しています。グローバリゼーションが経済格差を拡げたことは事実ですし、その一翼を担った国際金融機関の果たした役割だけでなく、世界レベルで都合の良い最適化を推し進めて来たグローバル企業の責任も重いと思います。

西水　私もＩＭＦのエコノミストたちといつも喧嘩していましたから、彼が味方にいると心強かったんです。私の夫もＩＭＦですが、リサーチ部門ですから喧嘩にはならない（笑）。

　ＩＭＦと世銀は役割が違います。ミクロ経済を担う世銀は、いろんな専門分野の人が一緒にやらないと仕事ができないところで、トップ一人のマネジメントに頼らない責任分散型。また、世銀債が活動のベースですから市場の制約を受け、政治介入を排除できる。一方、ＩＭＦはマクロ経済でトップダウンの仕組みになっており、市場の制約を受けないため、政治介入も受けやすい。世銀はいわば地域医療にあたる医師といった役回りで、病気になる前に面倒をみて健康でいられるようにする。数十年単位の融資で、息の長い関係を築きます。ＩＭＦは、手術が必要なときの救急の外科医のようなもの。マクロ経済の不均衡には、ミクロ経済の構造的な問題がありますから、改革が必要です。ギリシャ問題も、国家財政があそこまで危機になるのは、国の大半がブラックマーケットで成り立つという構造的な問題を解決しない限り、財政緩和して一時的に良くなっても、再発の危険があります。

石黒　たしかに、ギリシャも自助努力による健全な経済成長を自ら作り出さないと、国際金融機関がいくら応急的な支援をしても最終的には解決しないでしょう。

西水　その成長へ向けて構造改革が求められ、世銀で提案しますが、外科医のＩＭＦはともすると、手術したら終わりという態度を取る。すると喧嘩になるんです（笑）。

「ガラスの天井」を突き破り、女性初の南アジア地域担当の副総裁に

石黒　世銀では、融資担当の局長になり、そして南アジア担当の副総裁に就任。その仕事ぶりは、融資決断の厳しさから〝鉄の女〟と呼ばれたそうですが、英国のマーガレット・サッ

チャー元首相、現代ならさしずめドイツのアンゲラ・メルケル首相でしょうか。褒め言葉かどうかわかりませんが、面と向かって言われたことは。

西水　よく〝Iron Lady〟と言われていました。呼び始めたのは、商談相手のパキスタンの財務大臣だったと記憶しています。世界銀行で一番大事なことは、いくら貸したかではなく、「こんなことでは貸せないよ」と明確に示すことです。与信判断は部下より厳しくしないと信頼関係を築けません。南アジア諸国には汚職が国を動かすようなところもある。相当厳しいことをいわないと貸せる状況にならないんです。改革を迫る政治的な談判は、男性がやってもきつくは見えませんが、女性が「それでは貸せるものか」と啖呵を切れば、〝Iron Lady〟と呼ばれます。

石黒　そのころ〝鉄の女〟と言われたのが、何となくうなずけますね（笑）。

西水　世銀の融資担当で初の女性局長になり、地域担当の副総裁になったのも女性初で騒がれました。副総裁は、最初に打診されたとき、「女性で日本人」という属性だからという感じがして断ったんですが、改革を条件に受けました。

石黒　そこまで順調に「ガラスの天井」を突き破って来ると、女性のパイオニアとしてのご苦労があったのでは。

西水　苦労と感じたことはありませんでした。やっかみからでしょうが、陰口を言われることは悲しかったですね。そのことを友人が教えてくれるたびに、自分が少し無くなっていくような気持ちを覚えました。それでも女性で初の私が挫けたら後の人が苦労するから、と歯を食いしばっていました。

石黒　100年の歴史あるIBMのCEOに女性のバージニア・ロメッティが就任し、話題を呼んでいます。HPとか、比較的IT企業に多いようですが、米国企業フォーチュン500社でも女性CEOとなると10数社、ただ管理職となると30％ぐらいでしょうか。

西水　現実に、25％ほどでしょう。

石黒　日本企業における女性管理職は10％未満、おそらく役員となるともっと少ない。JBグループは60名を超える役員のうち、女性は3名ですからまだまだです。アジアの企業も女性経営者が増えてきましたから、外国人の登用を含めて私たちの喫緊の課題です。

西水　たしかに、少ないですね。世銀で専門職員の女性の数を増やす経験をしましたが、増やそうと本気でトップが腹を決めたら簡単なんですよ。ぜひ増やしたいという気持ちが大切です。世銀では、実績を挙げた優秀な女性にアプローチし、性別不問の専門職に応募してもらう方法を取りました。女性は一つひとつ壁を乗り越えてきていますから、男性と比較するとよりレベルの高い人が集まりやすい。そして公平な評価を経て、10人の応募に9人の女性が選ばれました。また、外部から上のポジションに女性に入ってもらい、組織文化を変えながら増やすのも有効だと思います。

頭とハートを結ぶ五体投地、リーダーは草の根で自分の足で歩くこと

石黒　時代を反映しているせいでしょうか。リーダーシップの本が一段と増えてきましたが、どれも新味がない。あくまで、リーダーシップは行動をともなうものであって、どうも頭の中で納得して終わっているような気がします。

西水　先日、ブータンで国家公務員のリーダーシップのトレーニングをお手伝いしました。その中で、頭とハートを結ぶエクササイズをやりました。ブータンはチベット仏教ですが、五体投地は頭と口と体を一直線につなげて祈る礼拝方法ですから、頭とハートと行動をつなぐ意識が、自然と文化に組み込まれています。日米欧のリーダーシップ研修で「頭とハートを結ぼう」と言ってもイメージするのが難しい。でもブータンではイメージ共有をはかると、もう自分の問題としてとらえて行動しようとします。

石黒　比叡山の千日回峰行を二回満行された酒井雄哉大阿闍梨にお会いしたとき〝賢バカ〟になるなと言われました。頭で理解して言うばっかりで行動しないのは賢いけれどバカだと。私も、この言葉は肝に銘じています。はじめから出来ないなら言わないこと。そして言った

からには、もう意を決してやるしかありません。

西水　私は、リーダーシップの本質はあくまで変革だと思っていますから、行動が伴わないリーダーシップはあまり意味がありません。

石黒　西水さんは、尊敬する指導者に、パキスタンのムシャラク前大統領とインドのシン首相を挙げておられます。昨今の日本の政局を見るにつけ、こんな指導者がほしくなりますが、実際にお会いして、どこが違うと思われますか。

西水　パッションですね。本物のリーダーは情熱に根ざしています。また、リーダーが草の根で自分の足で歩かないとだめですね。ムシャラク将軍は、軍組織で英国風のリーダーシップを培った。「兵士のハートをつかまないと戦争には勝てない」というお話を覚えています。人としてやってはいけない殺人を、母国のために職業にする軍隊だからこそ、兵士の心をつかむことが司令官のミッションになると。一方、シン首相も広いインドを草の根で歩いた方です。お二人とも国民が何を欲しているか、自分のからだで感じ、つかんでいる。日本の政治家とも話しますが、草の根を歩いていません。偉い国会議員のまま地元入りして、街角に立ってマイクで叫んでも国民の心はつかめない。東日本大震災の直後、若い国会議員から視察に行くというメールをもらいましたが、視察に行っても何も見えません。それより飲み水と食料を持って、避難所で一晩でも過ごした方が、真実が見えてくる。そうメールを返しました。人の上に立つには、見えないものを見る、聞こえない声を聞く努力をずっと続けなければなりません。

石黒　本日は、示唆に富んだお話をありがとうございました。

後日の円卓にて

リーダーの条件

パッションとリーダーの話が心に残る。（松尾）
リーダーには未来を自分の目で見通し、
周囲に伝えるセンスが大事。
原体験を大切にする
西水さんならではだ。（石黒）

素朴な世界

ブータンが好きで、ヴァージン諸島に
お住まいなのは、自然や人に触れ合える
世界がお好きなのかも。（村松）

幕末の日本と今のブータン

ブータンの国民性を語ったとき、
「明治維新前後の日本人のイメージ」
という点で意見が合った。
これからブータンが変わる前に
行かないと、よさが
見られなくなるかも。（石黒）

骨太な文章

著作を読むと、骨太な文章だ。（石黒）
現場主義で、自分についてこいという勢いがある。（内田）
逃げない。正面からストレートにぶつかってやり抜く気概を感じる。（石黒）

ダイバーシティはリーダー次第

女性が職場に入ることで
よりよい仕事が生まれる、
リーダーのやる気さえあれば実現すると
語っていただき、心強く感じた。（村松）
それに尽きる。
日本のトップは、
ダイバーシティの重要性を
口では言うが一向に進まない。（石黒）

関西弁と着物

関西弁を使って
柔らかさを出すのが魅力的だ。（石黒）
公式の場で和服を着られるとの事。
つかみのうまさを感じる。（村松）

好奇心への道標

『世界を不幸にしたグローバリズムの正体』ジョセフ・E・スティグリッツ著（徳間書店／2002年）
『幸福大国ブータン』ドルジェ・ワンモ・ワンチュック著（NHK出版／2007年）
『国をつくるという仕事』西水美恵子著（英治出版／2009年）

11

公益財団法人 がん研有明病院 名誉院長
中川健
Ken Nakagawa

第11章

多様化するガン治療、総合的な治療によってガン克服を助ける

中川健 *Ken Nakagawa*

公益財団法人 がん研有明病院 名誉院長。東京大学医学部卒業後、同医学部附属病院にて研修。1973年より財団法人癌研究会附属病院外科に勤務。1988年に同院呼吸器外科部長、2002年に同院副院長に就任。2008年に財団法人癌研究会有明病院（現・公益財団法人がん研有明病院）院長に就任、4年間務めた後に2012年から名誉院長となり、現在に至る。

肺ガン治療の外科専門医である中川健先生は、現代の名医である。癌研究会附属病院、そして現在のがん研有明病院を拠点に、非常に数多くの肺ガン手術を執刀する一方、病院の理念や組織づくりにも熱心に取り組み、ガンに苦しむ患者さんのために尽くしてきた。「医は仁術なり」を改めて感じさせるかのような、温厚で包容力のある中川先生に出会い、現代の医療について深く考えるきっかけとなった。

3人に2人はガンにかかり、2人に1人はガンで亡くなる時代

石黒　ガンの患者さんは増加しており、今や3人に2人はガンにかかり、2人に1人はガンで亡くなる時代になったと言われています。この避けては通れないガンについて、本日はガン治療の最前線で長い間お仕事をしてこられた中川先生に、日本のガン治療の現況と今後の可能性についてお伺いしたいと思っていました。

中川　私も一般の方からのガン医療界へのご意見をいただければと思っています。

石黒　先日、ガン検診でがん研有明病院にお世話になりました。待ち時間に座っていると、サラ・ブライトマンばりのソプラノの澄んだ声が聴こえてきたんです。ロビーへ出ますと、ピアノ伴奏で歌手の方が歌っている。患者さん、見舞いの方々が一緒になって聴き入っておられたのを目の当たりにして、ここは本当に「病院」だろうかと。

中川　当院は、災害拠点病院として広いロビーを持ち、そのスペースを活かして、ボランティアの方に演奏会をやっていただいています。月一回のコンサートと週二回のBGMコンサートも実施しています。全体としては、絵画、版画、写真を壁に掛けたりして、温かい感じ

を出来るだけ出そうと「アート・イン・ホスピタル」の構想を進めて来ました。

石黒　中川先生は東大医学部を卒業され、1973年に癌研究会附属病院に入職、以来2008年の院長就任まで、肺ガンの外科手術に、執刀、あるいは指導の立場で圧倒的な症例数にかかわってこられました。ガン専門医へのアンケートでも、自分が手術を受けるなら中川先生にお願いしたいという多くの声があったと伺っていますが、まさに世界的な肺ガンの名医です。この1月から名誉院長に就任されて診察時間が増えたようですから、患者さんにとっては朗報でしょう。

中川　今は、新しく紹介で来られる患者さんと、私が以前に執刀した患者さんの術後経過を中心に診ています。院長になって、流石に執刀を控えていましたが、今後は若い人の邪魔をしないで手術のお手伝いにも参加したいと思っています。

壮大なプロジェクトだった臨海副都心「有明の丘」への移転

石黒　「癌研有明病院の選択『がん医療ルネサンス』」を読ませていただきましたが、新しい病院で新しい医療を作ろうとする壮大なプロジェクトだったんですね。

中川　臨海副都心である「有明の丘」への移転が決まったのが1999年3月で、6年をかけて2005年3月に病院、研究所、化学療法センターの全面移転を果たしました。それも、単に新しい建物に移るだけでなく、この機会にあわせて理想のガン専門病院をつくろうということで、コンセプトづくりから、これまでの研究や医療活動の抜本的な見直しも行いました。

石黒　がん研病院というと大塚のイメージが強いんですが、多くの患者さんを診ながらの移転は大変だったでしょう。

中川　新旧施設は22㎞も離れていますから、参考にする前例がなく、重症患者の搬送が大きな問題でした。研究所の移転は2004年11月から始め、病院はその後になりました。2004年末から、重症化の可能性のある患者さんや、移転中にも治療を病院で継続することが必要になる患者さんを中心に関連病院にお願いして、新年からの手術は比較的ダメージの少ないものに限りました。そして、2月11日に一般的な手術は終わらせ、その後大きな機器類の搬送を始めました。2月23日に最終の小手術があり、翌日の2月24日に入院患者さんをゼロにして、これで搬送の必要な患者さんがなくなりました。24日と25日で最後の引っ越しをして、その後有明で最終の準備を整え、3月1日にオープンしました。

石黒　マスタープランのもとに周到な移行計画を実施し、詰めの移転作業は一気に加勢しておこなう。プロジェクト管理の鉄則ですが、見事にやり遂げた。

中川　民間病院ですから、経済的な面でも病院の稼働維持は重要でした。やはり、ギリギリの計画的診療制限をおこないながら、入院の患者さんをゼロにできたのが大きかったですね。それで、５００床の大病院の移転作業を無理なく進めることが出来たと思っています。

１００年の歴史を誇る癌研究会、患者さん中心のガン医療の確立を目指す

石黒　明治41年（１９０８）に、一流の文化国家の建設という高邁な考えと、ヨーロッパからの日本にもガンの研究・診療の拠点をという呼びかけで、各界が一体となって「癌研究会」を立ち上げたのが始まりとありましたが、１００年も前のことなんですね。

中川　当時は、結核、腸チフス、赤痢などの感染症が中心の時代で、政府の関心もそらに向いていました。当初はなかなか寄付が集まらず、研究会の創立26年後の１９３４年になって、大塚にやっと研究所と附属病院が出来ました。

石黒　有明移転に際して患者さん中心の医療の確立を目指すと、創立の基本理念まで見直しておられる。まさにマーケット・インのアプローチですが、私たち企業が日々取り組んでいる経営品質向上の視点と同じなんだと思いました。

中川　武藤徹一郎先生が２００２年に院長に就任されて、有明移転計画が本格化しました。

どういうスタイルの病院にするか、武藤先生もずいぶん悩まれました。そこで、アメリカのテキサス州ヒューストンにある世界的なガン医療の総合的な施設、MDアンダーソンがんセンター（テキサス州立大学）に行き、その考え方に共鳴し、大いに参考にしました。もともと癌研究会には「癌撲滅をもって人類の幸福に貢献する」という理念（ミッション）がありましたが、今ではガンが加齢とともに起きる病気で、撲滅はできないとわかってきました。そこで、撲滅を克服に代え、ミッションは「がん克服をもって人類の福祉に貢献する」としました。克服は治すことに加え、受け入れて共存することも含んでいます。それに続く共有する価値観（コアバリュー）として「創造・高質・親切・協調」の4つの言葉を選びました。将来展望（ビジョン）を「がん診療において世界に誇る病院となる」とし、これら全体を病院の基本理念としました。

石黒　それまでは、お客様第一の発想はあまり馴染みがなかったのでは。

中川　これを決めるに当たっては、最初は専門家の講義も受けました。ビジョンは手の届きうるところに設けるように、コアバリューは自分たちの価値観を絞り込み、重複のない言葉を3つか4つ選ぶようにとアドバイスを受けました。病院全体のものに先立ち、まずは院内約30の部門ごとに個別のミッション、コアバリュー、ビジョンを策定してもらい発表会をやりました。それらを統合して現在のものに決めたのです。

石黒　トップダウンとともに、ボトムアップの活動もおこなったわけですね。単なる言葉の羅列にしないで、自分たちのものにして継続的に実践するためには、全員参加が求められますから、各部門への展開は大切になります。

中川　「有明の丘」に理想の病院と研究所をつくるという明確な目標がありましたから、全員の意識も揃いやすかったんです。

石黒　がん研の強みとして研究所と病院、そして化学療法センターの「三位一体」にあると言われています。これだけ大きな組織が連携して、患者さんを中心に「三位一体」の治療をやっていただけると心強いですね。

中川　基礎研究は、ガンを知る部分から、臨床応用までかなり幅が広い。そのなかで病理学など、臨床と基礎の接点になるところでの交流が多いですね。研究者も臨床が何を求めているかがわからないと、研究の為の研究といった的外れになってしまう。臨床指向のある研究を、基礎研究者とともに、お互いの風通しをよくしてやっていくのが、これからのテーマになります。また臨床側も、病院職員が日々の診療は未来に役立つ臨床研究の一環と認識した、研究病院であるとの認識が絶対に必要です。

石黒　研究の成果が速やかに臨床に生かされ、臨床でわかったことが研究にフィードバックされる。このサイクルがうまく回ると大きな強みになるのはたしかです。

中川　新薬開発にあたる化学療法センター、そして研究所と一体的な活動ができれば、間違いなく病院での臨床もさらに充実しますよ。

チーム医療を支えるキャンサーボードは、呼吸器センターから始まった

石黒　キャンサーボードは、がん研有明病院の大きな特徴の一つだと思うのですが、中川先生がリードしてこられた呼吸器外来の取り組み方が母体になって始まったそうですね。

中川　私は1990年以前から外科、内科を超えたカンファレンスを行ってきました。肺がんと診断がついて、手術可能な患者さんは三分の一ほど。それ以外の方は手術が出来ないのですが、薬剤か放射線か、どういう治療がいいかを外来診療レベルで患者さんに説明する必要があります。それを外科医の判断のみでやってはだめだと、内科や放射線科の医師らとともに週一回カンファレンスをやっていました。それが後に臓器別にセンター化され、さらに関連する看護師、薬剤師も参加するようになり、患者さん個々の治療方針を検討するキャンサーボードに発展しました。初めのころは、カンファレンスのためのカルテやレントゲンを集めるのに一苦労で、看護師とカルテ室ほか関連部署の協力がなければ不可能でした。

石黒　そのころですとデータの準備はまだ手作業でしょう。

中川　本当にそうでした。今では、電子カルテのおかげで情報の共有が本格的に可能となり、カルテや画像などの資料の搬送が不要となり、データや画像を即座に画面に表示しながら検討できるようになりました。

石黒　患者さんを中心にして各科の専門医が、チーム医療で対応してくれることは本当に有難い話です。まだ大病院でさえ専門科が異なると、スムーズに連携がとれていないのが現実だと思います。

中川　ですから、実際に外来

で担当医がお話しするのは10分から15分でも、その背後で毎週一回、夜に数時間かけて入念に検討しています。それは表に出ない部分です。

石黒　現在は、患者さんすべてに行われているのですか。

中川　本来はそうすべきですが、あまりにも患者数が多い科では、定型的な治療でよいという方は入れないで、問題のある症例、定型的な治療ではない場合に絞ってやります。大塚時代に呼吸器センターで始まり、次第にいろいろな臓器に拡大し、有明に移転してから、すべての臓器について体制を整え、実践しています。

高いレベルにある日本のガン治療、ドラッグ・ラグは喫緊の問題

石黒　ベンチマーキングの対象として、世界で最先端を走るMDアンダーソンがんセンターをあげていますが、日本のガン治療レベルはどうなんでしょうか。

中川　総じて相当高いレベルにあると言えます。その中でも、外科は確実に高いですね。放射線分野では、アメリカは機器開発で先んじています。ただし重粒子線治療の分野では日本が先端を行っています。薬剤は日本発のものが少ないのが現状ですが、その中でがん研から芽が出た薬の代表にはインターフェロンがあります。

石黒　インターフェロンは日本発なんですね。

中川　そうです。ほかには日本発では大腸ガン向けのオキサリプラチンなどもありますね。もともとこういった日本でのシーズの発見は多いのですが、薬剤化するのは外国になっている。シーズの部分は日本発でも、薬剤になって臨床試験に上がる前段階までを日本で育てる基盤が育たないのです。そのため薬品の輸入超過となって負担が増えるという問題があります。

石黒　日本で開発されたにもかかわらず、海外で先に新薬として承認がおりることも珍しくないということですか。新薬の承認遅れによっておこるドラッグ・ラグについては、徐々に改善されているようですが、喫緊の問題として早期に手を打って欲しいですね。その一方で、日本の外科技術が高いというのは頼もしい。

中川　胃ガンについて日本は世界一、肺ガンなど他のガンの手術も日本は大変優れています。また手術の安全性を手術関連死亡率で見ますと、外国では3、4%が普通ですが国内では1%でも批判を浴びる。当院の肺ガン手術のリスクはこの10年間で0.3%くらい。とは言え、全身状態のいい人を手術すれば、この数値は下がるため、低ければいいというわけでもありません。当院の症例は軽いものから重いものまで多岐にわたります。

良医とは、高い医療技術を持ち、患者さんの痛みや苦しさがわかる人

石黒　癌研究所の所長を務められた吉田富三博士は、当時のパートナーであった黒川利雄病院長先生について、「温厚で包容力に満ちた人格者で、それでいて威厳があった。彼が病室に入り、どうですかと声をかけると、どんな重症患者も元気が出た」と、良医の理想像として語っています。患者の医師によせる信頼感がベースにあると思いますが、先ほど来お話を伺っていますと、何となく中川先生にも黒川先生のような雰囲気を感じます。

中川　良医になるためには、外科医に関して言えば腕がいいことも大事ですが、患者さんの痛みがわかる、苦しさがわかる人じゃないとだめですね。最初からそういうマインドを持つ人、磨かれてそうなる人、さまざまです。再発したときに、患者さんに受け入れていただくためにはずばりと言うだけではいけません。患者さんの、気持ちの支えになる言葉も添えなければいけない。意識して添えるのではなく、自然にそういう言葉が出るものです。

石黒　時には厳しいことも指摘せざるを得ないでしょうから、コミュニケーション能力やリベラル・アーツみたいなものが求められると思うのですが、そのための教育は。

中川　現在は、特にそのようなことに特化した教育システムはありません。また、どんなに優れた医師でも患者さんとの相性はありますね。特に結果の出ないときに信頼していただけ

るか。そのためにコミュニケーションに時間をかける必要があります。

石黒 よく言われることですが、若い先生方はＰＣ画面ばかり見ていて患者の方を見ないで、ヒポクラテスの誓いは何処へやらと。でも、多忙な中で一生懸命に仕事をしている若い医師に、初めから全人格を求めるのは酷な話のような気もします。現場で多くの経験を積んで修羅場をくぐりぬけることによって、経営者もそうですが、良医も育って来るものだと思います。

環境変化への対応が遅れた日本の医療制度、そのつけが医療現場にまわっている

石黒 マイケル・ムーア監督の作った「シッコ」という映画は、アメリカの医療格差の問題を少しオーバーかもしれませんが面白おかしく描いています。医療に市場原理を取り入れた悪影響で、医療費が高くなって民間保険制度も有効に機能していないと。私の知人もアメリカで治療を受けて、あまりの請求金額の高さにびっくりして早々に帰ってきました。日本の医療制度も、かつてはＷＨＯから世界一といわれた良い仕組みが、高齢化などの環境変化への対応遅れで、そのつけが医療の現場にまわって多くの問題を起こしている。

中川 まさにその通りで、医療の年間国家予算は、ここ何年も横ばいか、マイナスです。そ

のため医療機関が疲弊し、余裕のある経営ができなくなりました。医師や現場職員の給与も安くて大変です。そういう環境で、医師不足が叫ばれている。特に産科、小児科、救急の医師、それと外科医ですが、激務でリスクがともなうと思われているせいか、志望者そのものが少ないのが現状です。

石黒　それはいけませんね。やがて、手術が出来なくなる（笑）。

中川　結局は、そのような医師を魅力ある仕事とするためには待遇を改善しないとよくならないと思います。たとえば医師のレベルに応じた手術料にするなどの方策も考えられますが、日本の医療保険制度の全面的な見直しになるでしょうから、本当にそこまで出来るかは難しい問題です。

石黒　今の一律な医療報酬というのは、医療サービスを受ける方からしても無理があるような気がします。

中川　一番問題になるのは、混合診療の議論です。抗がん剤の新しいものは本当に高額です。これを現在の保険診療で手当して行くと、いずれ保険制度そのものが破綻してくることは目に見えています。患者さんにとっては保険診療と自由診療を両方受けられればメリットも大きいのですが。

石黒　医療のＩＴ活用について言えば、残念ながら国として対応は明らかに遅れている。個人の健康情報をＩＣカードに保存して無駄な診断をなくす取り組みは、すでに個々の病院グループ内では実績がありながら、地域や国のレベルとなると遅々として進んでいない。

中川　その通りですね。セキュリティの問題はありますが、患者さんの立場からみた情報共有の仕組みを国家レベルで構築することが重要です。

期待される新しいガン治療法、でもガンは無くならない

石黒　ガンの死亡率は、世界各国では下がっているのに、日本では年々上がっているそうですが。

中川　ガンによる相違はありますが、高齢化が原因で日本の死亡率が上がっているのはたしかです。２０１０年のデータでは、年間35万人がガンにより死亡し、毎年７０００人くらいずつ増えています。ガン検診受診率が欧米と比較してかなり低いのは事実で、早期発見するためにもここは対策が求められます。これからの高齢化によるガンの増える時代には、患者さんに優しい治療も必要になって来ます。たとえば前立腺ガンでは、手術とＩＭＲＴと呼ばれる特殊な放射線治療との5年生存率はほぼ一緒ですから、負担の少ない放射線のほうがいいわけです。

ただ年齢調整死亡率という死亡率の出し方があり、昭和60年を基準にした人口構成を基準として補正すると、これは下がっているのです。昭和60年以後、高齢者の占める割合が増えており、そこからのガン死亡が補正されて計算されるためです。

石黒　新しいガン治療法についてお聞きしたいのですが、外科的治療、化学療法、そして放射線治療に次ぐ治療法としてよく言われている細胞免疫療法の可能性はどうでしょうか。

中川　副作用が少なくて良いと言われますが、西洋医学的な評価の対象としてエビデンスを出せないので、世の中になかなか認められていないのが現状です。また他の治療法をやったあとの、最後の手段として用いられる場合が多いのですが、細胞同士の戦いですから、本来はがん細胞の少ないときのほうがいい。手術などでがん細胞を減らした直後に免疫療法を行うと効果的かもしれません。

石黒　まだ臨床試験段階ということでしょうか。治療はもともと個別のオーダーメイドなものだと思うのですが、最適な治療法を選ぶことができるオーダーメイド医療の現状は。

中川　これは遺伝子研究の成果ですが、ガン細胞だけに発現している遺伝子異常や、その人が遺伝的素因として元々持っている遺伝子の特徴がわかるようになってきています。その人の遺伝子を調べて、ある抗がん剤がその方のガンに有効かどうか、あるいはまたその抗がん剤の副作用の出にくい体質を持っているかなどということがある程度わかるようになって来ましたので、その領域のガンに関しては、その人に適した化学療法を選択できます。すべてのガンがこのような治療の対象になる時代になることが、現在の抗がん剤研究の最先端です。この分野はこれからどんどん進むと思います。

石黒　それと、最近は内視鏡を使った外科手術のことをよく聞きます。私の友人も内視鏡による手術を受けましたが、体力の回復がびっくりするほど早いですね。

中川　特に、大腸ガンには有効で、当院では大腸ガン手術の70％が内視鏡手術です。胃ガン、それと肺ガンも40％ぐらいでしょうか。医療技術のレベル向上にあわせて、内視鏡を活用する場面が随分と増えました。

石黒　将来のガン治療といわれる再生医療は、臓器を再生して機能を取り戻すという夢のような話です。

中川　ずっと先の技術ですが、必ず大きな流れになるでしょう。移植が必要なくなるのですから。一方、高齢化が進むなかで、いくつか病気を抱える患者さんにどうアプローチするかも重要なテーマです。そのための専門的な病院同士の連携も考える必要がありますね。いずれにしても、これからもガン治療法は代替療法を含めて多様化して行きますから、それらを組み合わせて個々の患者さんに最適な治療法をおこなう総合的な治療になっていくでしょう。

石黒　ガンは遺伝子の変化によって起こる病気で、私たちは少数派とは言えガン細胞を持っている。それが、突然に活性化してガンを発病するマジョリティ・シフトについてはまだ完全に解明しきれていないと言われています。ということは、発病するしないにかかわらず、否が応でも仲良くガン細胞と共生せざるを得ないということになりますね。

中川　ガンは無くなりません。また、ガンがなくなっても人間の寿命は数歳しか延びないという話もあります。治すことも大事ですが、自分の中にガンのあることを受け入れることも大切です。いい患者さんとは、きちんと自分の病気を理解して受け止め、自分でどうするか決定できる人。そのために私たち医師がきちんと情報をお出しして、一緒に考えます。

石黒　お話を伺って、これからのガン治療に期待を持ちつつも、私たちは医療について自分の問題として真剣に考えるべきだと実感しました。本日は貴重なお話を有難うございました。

後日の円卓にて

臨床現場主義

ご本人はマネジメントに向いていないとおっしゃる。徹底して臨床現場がお好きなようだ。院長職を離れて、患者さんは喜んだだろう。（石黒）

名医にして良医

対談が本になるとお知らせしたとき、素直に喜ばれてこちらも嬉しかった。（松尾）

院長先生まで務められたのに、優しい雰囲気。病院には来る機会がなくて、と申し上げると、来ないほうがいいですよ、とニッコリ。（村松）

名医、良医は中川さんのようなバランスの取れた、素直で人格円満な方だろう。（石黒）

患者の心得

患者側も、勉強すべき。ついつい病気になるとわがままになってしまう。医者を神様みたいに奉る一方、うまくいかないと文句ばかり。医者に頼るだけじゃなく、自分で理解することが大切だ。（石黒）

がん研有明病院にほしいもの

臨海副都心は緑が少ない。緑化を進めれば、より良い環境になるから、ぜひ。（石黒）

医者の不養生?

健康法は何もやっていないとおっしゃった。
余りに無頓着なので驚いた。（石黒）
お酒も毎日のように
嗜まれるそうですし。（内田）

医者の立場

仕事の重さの割に、処遇の良くない
医者の苦しみを知った。
名医すら十把一絡げの扱い。（石黒）
もっと医療の問題点への認識を、
深める必要がありますね。（村松）

対話するドクター

素朴な質問にも丁寧に答えてくださり、
わかりやすい。（松尾）
患者さんの話を傾聴して、
かみ砕いてお話しになる。
天性のものか磨かれたものか。（石黒）
がん研有明病院の先生方は、意識が高い。
技術・知識だけじゃなく中川さんのように
対話力があると思う。（村松）

好奇心への道標

『免疫の意味論』多田富雄著（青土社／1993年）
『癌細胞はこう語った』吉田直哉著（文春文庫／1995年）
『がん医療ルネサンス—癌研有明病院の選択』癌研究会編（医療タイムス社／2005年）

12

JOC理事・ロンドンオリンピック日本選手団総監督

塚原光男

Mitsuo Tsukahara

第12章

体操の世界を変えた新技「月面宙返り」

塚原光男 *Mitsuo Tsukahara*

JOC理事／ロンドン・オリンピック日本選手団総監督。東京生まれ。体操競技の選手として、日本体育大学在学中にメキシコ・オリンピック代表に選ばれ、団体男子金メダルを獲得。3回のオリンピックを経験し、金5個、銀1個、銅3個の合計9個のメダルを獲得するなど体操ニッポンの黄金期を牽引した。現在は塚原体操センター校長を務めつつ、JOC理事、日本体操協会副会長等を務めている。

塚原光男さんは、体操ニッポンの全盛期を支えた名選手である。ツカハラ跳び、月面宙返り（ムーンサルト）をはじめ、数々の新技にチャレンジしてきた中で、オリンピックという大きな舞台に出会い、輝いた。このたびのロンドン・オリンピックでは日本代表選手団の総監督として、日本の選手たちを陰で支える役を担う。前向きでエネルギーあふれる塚原さんは明るいムード・メーカーでもあり、その雰囲気の中で日本選手が本来の実力を発揮して大活躍することを期待したい。

ロンドン・オリンピック日本代表選手団の総監督として臨む

石黒　２０１２年7月27日から、いよいよロンドン・オリンピックが開催されます。日本がオリンピックに参加して１００年という節目ですが、日本選手の活躍によって、日本に元気や感動をもたらしてほしいと思っています。選手団の総監督を務める塚原さんは、どんな気持ちで臨みますか。

塚原　東日本大震災で打ちひしがれた人たちや日本国民に、スポーツの力で感動、勇気、元気を送ることができればと思っています。なでしこジャパンの活躍による盛り上がりを見ると、その大切さがよくわかります。一つでも多くの金メダルを取り、日本を元気づけられるようにがんばろう、それがチーム・ジャパンの大きなテーマです。具体的には、メダル獲得数世界5位を目指します。

石黒　たしか、前回の北京が金メダル9個、アテネが東京オリンピックと同じ16個でしたか。世界5位となるとおそらくそれ以上になるでしょうから、結構高い目標ですが、総監督の言葉として心強いですね。

塚原　ＪＯＣでは、２０１６年のリオデジャネイロ大会で世界3位を目指す、オリンピック

ゴールドプランを立てており、その過程として、ロンドン大会で5位を目指す戦略です。調べてみると前年の各競技の世界大会で獲得した金メダル数に、4、5個足した数がオリンピックの実績になっています。2011年には12個取ることができました。厳しい世界ですが、十分可能性はあります。

石黒　中国の深圳でおこなわれた2011年ユニバーシアード競技大会で、日本代表は素晴らしい成績を収め、史上最多のメダルを獲得して参加国の中で第3位でした。塚原さんは選手団長として各会場で声援を送るなど、雰囲気を盛り上げたと聞いています。

塚原　選手村の掲示板に、毎日の競技結果を発表し、「あきらめるな」といったメッセージを書いて、皆に見てもらう新しい工夫も行いました。金メダルを取らなかったのは1日だけ。メダルラッシュの盛り上がりはすごかった。

石黒　今回の第5位の目標は、気合だけではない（笑）。どんな団体でも企業でも勢いづかせることは、リーダーの大きな役割です。

塚原　スポーツの世界では非常に大事です。いかにチーム・ジャパンとして盛り上げられるか。それも、スタートダッシュが肝心です。

石黒　今回のロンドン・オリンピックで、最初の方の有力種目となると。

塚原　開会式翌日から、柔道、体操そして競泳と最初の方に有力種目が集中しています。先ずは柔道でどうなるか。それに続いて金メダル有力選手の体操の内村航平選手、競泳の北島康介選手、そして女子レスリングの吉田沙保里選手、伊調馨選手などに続き引っ張ってくれると、日本選手団に勢いがついて他の競技に好影響を与えてくれると期待しています。

石黒　今年も、熱い夏になりそうですね。北京の開会式は、たしかチャン・イーモウが指揮したと思いますが、4時間におよぶ国の威信をかけた派手な演出が鮮烈でした。ロンドンの開会式はシェークスピアの「テンペスト」をテーマにすると聞いています。世界の経済情勢、特にEUの現状からして、北京に比べると規模は縮小されるでしょうが、英国流のウィットに富んだ、それでいて洗練された開会式を楽しみにしています。

塚原　それと、選手の立場からすると競技環境がきちんと整えられ、安全に平和の祭典として素晴らしいものになってほしいですね。

順風満帆な体操人生のスタート

石黒　塚原さんは3度のオリンピックに出て、金5個を含んで9個のメダルを獲得しています。オリンピックと世界選手権の日本男子体操チームの団体総合10連覇達成にも貢献し、体操ニッポンの黄金時代を支えてきた。そして、まだ現役だったと思いますが34歳のときに、『果てしなき挑戦――〝月面宙返り〟に賭けたわが青春』を上梓しています。

塚原　モスクワ・オリンピックに挑戦したとき、頚椎捻挫の大怪我をしました。治療に専念した時に、それまでの体操人生をまとめようと思い立ったのです。毎朝書きため、原稿を出版社に持ち込んだところ、講談社の企画会議で認められました。

石黒　それによると、塚原さんもご多分にもれず野球少年だったと。

塚原　巨人軍の長嶋さんに憧れ、草野球チームで全員が背番号3をつけた時代ですね。

石黒　それが、中学校では体操の鉄棒に興味を持った。ローマ・オリンピックのころで、日本の男子体操チームは団体で初優勝、鉄棒の小野喬選手、徒手は小柄な相原さんと、今でも名前を覚えていますが、やはり刺激を受けたのですか。

塚原　いえ、その頃はオリンピックの体操競技の世界は、まったく視野に入っていませんでした。小学生の頃、私は校庭で遊びまわる子どもで、砂場での宙返りや鉄棒を楽しんでいたんです。たまたま私が入った中学校に体操部があって、模範演技を見せてくれたんです。こんな世界があるのかと、びっくりしました。もともと人のできないことをやるのが大好きでしたから、これは面白い世界だということで体操部に入ったんです。

石黒　そして、国学院高校に入って実力をつけ、インターハイ個人総合で優勝しています。日体大に進んで、3年生の時にはメキシコ・オリンピック代表に選ばれました。体操人生としては順風満帆のスタートで、体操競技を志してから早かったですね。

塚原　8年くらいです。今の子どもたちは、ほとんどオリンピックを目指して始めます。私の息子の塚原直也も、オリンピックで金メダルを取りたいと言って、小学5年生で体操を始めました。けれど私の場合は、純粋に運動そのものに興味を持つことからスタートしました。技に挑戦する楽しみが先で、それを積み重ねた延長線上に、オリンピックがあった。初めて意識したのは、大学2年生のとき。もしかしたらと日本代表を意識してがんばったら、予選会で5位になり、代表に選ばれました。

石黒　メキシコ大会に参加されたのは大学3年生の20歳ですから、怖いもの知らずだったのでは。

塚原　私の海外遠征は、このオリンピックが初めてでした。開会式で10万人の観衆の前に出たときは、ぞくぞくしましたね。素晴らしいイベントだと感動したのを覚えています。一方、競技では時差や2000メートルの高地という環境に悩まされ、国際経験のなさからコンディションを崩してしまいました。チームとしては、仲間が磐石で団体の金メダルは取れましたが、個人的には、さんざんなオリンピックでした。あらためて、体調管理の大切さを思い知らされました。

あくなき新技への挑戦、ミュンヘン・オリンピックで9.9の高得点

石黒　メキシコに続いて1972年のミュンヘン・オリンピックに出場しています。この大会は15人の犠牲者がでる、のちに「黒い九月」といわれたテロ事件が起こりました。北京の警戒も相当厳しかったですが、ロンドンでは何ごとも起こらないことを願っています。

塚原　あの時、選手村で私たちの棟の、一つ隔てた先で事件が起こりました。軽機関銃の射撃音や、人質・犯人の乗ったヘリコプターを見聞きして、戦慄を覚えました。この体験を通して、スポーツに携わる人間も、国際的な平和運動としてオリンピックの意義や、役割をもっと深く考えていかなければならないと思いました。

石黒　オリンピックは本来スポーツの聖域であってほしいですが、その時代の政治情勢に左右されてきた側面があるのは否めない。そのミュンヘン大会の日本男子体操チームは、史上最強だったと言われています。全部で24個のメダルのうち、なんと16個獲得ですか、これだけ独占すると他の国からもクレームが出かねないですね。

塚原　団体競技はオリンピック4連勝、さらには個人総合、平行棒、鉄棒では日の丸が3本掲揚されましたから、日本がメダルを取りすぎたことは確かです。そのため、個人総合や種目別に参加できる人数に国別制限が設けられてルール変更がなされました。

石黒　どうも、スポーツの世界だけでなく政治でも経済でも、欧米諸国は自分たちが不利になると勝手にルールを変えますね（笑）。これは、いつもけしからんと思っていますが、何ごともそれくらい強くならないといけないということでしょう。この大会のハイライトは、なんと言っても塚原さんの「月面宙返り」。団体競技の最終演技者ですと、どうしても手堅くやろうという選手が多いと思うのですが、あのプレッシャーがかかる場面で、あえて新しい大技にチャレンジした。たゆまぬ練習をつみ重ねて、「月面宙返り」に自信を持っておられた。

塚原　私は、人のできないことをやるのが体操の楽しみであり魅力だと感じていましたから、「月面宙返り」やその前の「ツカハラ跳び」を含め、自分が開発した新技は12ほどあります。

石黒　塚原さんは、「練習を楽しみ、技の開発を楽しみ、試合を楽しむ」と言われていますが、どれ一つとしてその心境になるのは並み大抵でないと思うのですが、早くから「技の開発の楽しみ」を実践してこられた。

塚原　ミュンヘン大会の1年半ほど前、翌年から予選が始まるというシーズンオフのことですが、私は体操選手にしては上背があるため、他の選手より空中感覚が劣ると考えて改善したかった。その頃、トランポリンが体育館の隅にあり、競技者たちが楽しんでいました。それを見て空中感覚が身につくかも知れないと思って、一緒にやり始めたんです。すると彼らは私の見たこともない動きをやる。体操競技では当時「回る」と「ひねる」はわかれていました。ところが、回りながらひねるという技術が、トランポリンにはあった。後ろに回りながら半分ひねって、次に、前に回ってまた半分ひねって戻ってくるのが「月面宙返り」の止体です。この動きに出会い、これは面白い、体操に活かしたいと思いました。鉄棒で試してみたら、大変な世界でした。鉄棒を離れて飛ぶと、景色が違う。目の前に鉄棒が現れてぶつかりそうになる。危ない、大怪我すると体が止まってしまった。間もなくオリンピック予選が始まるし、大怪我したらオリンピックどころじゃない、こんな危ないことはやめようか……とは思わなかったんですよ（笑）。

石黒　あくなき新技への挑戦ですね。そこでやめてしまっていたら、世に出なかった。

塚原　できないのは周りに人がいるからだと思い、昼の練習が終わった後、夜の9時頃体育館に戻り、誰もいないところで電気をつけて、鉄棒の下に入りました。くるっと回ってひねると、目の前に鉄棒が見えた。なにくそと、目をつぶって続けたら、鉄棒にぶつからずに一応回っていた。その瞬間、心臓が飛び出すようにバクバクして、体が震え、吐き気までしたことを覚えています。しかし2回目からはもう何てことはない、何度もできる。そういう過程を経て、成功させました。当時アポロ計画で月に行った宇宙飛行士の飛び跳ねる姿を連想させるからと、恩師の竹本正男先生に「月面宙返り」と命名していただきました。練習で右膝を痛めて問題を抱えつつも、団体の最後の種目、鉄棒の最終演技者を仰せつかって、「月面宙返り」が決まり、9.9点が出たんです。その後も、「新月面宙返り」、「伸身月面宙返り」、「伸身新月面宙返り」と38年を経て進化していきました。自分が言うのもなんですが、体操界を変える大変な技になったと思っています。

石黒　「ムーンサルト」誕生に隠された、臨場感あふれるいい話です。

モントリオール・オリンピックの逆転ドラマ

石黒　1976年のモントリオールは、塚原さんにとっては3回目のオリンピックですが、ご自身の競技生活のなかで最も充実していた時期だと伺っています。団体5連覇のかかった大会で、またもミュンヘンに続いて最終演技者でした。

塚原　この大会では多くの前代未聞のアクシデントが発生しました。はじめにエースの笠松茂選手が盲腸になって五十嵐久人選手が急遽出場するという問題が起こりました。そしてライバルのソ連に予選で0.5のリードを許しました。決勝の吊り輪の時には、藤本俊選手が骨折して途中から出られなくなってしまいました。最後の鉄棒では5人だけになり、追い詰められた状況で4人が完璧に演技して、2万人の見守る中、最後の演技者である私が9.9の完璧な演技で逆転の金メダルを取りました。

石黒　追いつめられた中での、まさにチームワークの勝利。日本人選手は自分に寄せられる期待を過剰に意識するせいか、普段の実力を発揮できない選手が多いと良く言われます。団体競技の最終演技者こそ、一番プレッシャーのかかる場面で登場するわけですから、相当に精神的にタフな選手でないとつとまらないと思うのですが、塚原さんは2度もその役割を果たしている。

塚原　オリンピックは、演技

するだけでも震えてしまう。金メダルとオリンピック5連覇のかかったそのときは、尋常ではありませんでした。演技エリアに入ってから、演技まで3分から5分ほどの時間があります。私の場合は、そこで今から演技する内容をイメージでリハーサルします。そして「運を天に任せていけ！」といった開き直りの言葉を自分にかけ、スタートするようにしていました。モントリオールのときも普段どおりやろうとしたら、とんでもないことが起きた。オリンピック前、私は頭を打って脳震盪を起こし、救急車で運ばれる経験をしました。その救急車のサイレンと自分の唸り声が聴こえ、失敗の場面がワーッと出てきた。足は震え、気持ちは浮いてしまう。そのときもう一人の自分が現れたんです。「お前ならできる。3回目のベテランじゃないか、自信を持て」と。二人の自分が決着つかないと、大体失敗する。そして5秒前、時間切れで演技しなきゃいけない、まさにそのとき、究極の開き直りの3人目の自分が現れた。「どんなプレッシャーも乗り越えられるというのは、お前の思い上がりだ。いざとなればこんなもんだ。」自分のだらしない弱さを認めた瞬間があったんですよ。そしたら救急車がいなくなり、いつもの緊張した自分になった。そして深呼吸して、開き直りの言葉をかけて、ぎりぎりセーフで鉄棒に飛びつけました。

石黒　ほんのわずかな時間の切羽つまった中で、心のなかで大変な葛藤があるんですね。その後は、緊迫した雰囲気のなかでいつもどおりの演技をおこなって、最高の見せ場で期待に見事に応えている。この団体競技の最終演技者としての醍醐味は、それをやりぬいた本人でしかわからない。

スポーツ選手に引退の2文字はない

石黒　モスクワ・オリンピックの予選会でケガのため途中棄権して、4度目のオリンピック出場を断念したわけですが、とことん選手としてやりつくした感はありましたか。

塚原　実は、いつまでも選手をやりたかった。どこまでできるか挑戦したかったんです。頚椎捻挫でそのまま終わるのは癪で、治ってから全日本選手権に挑戦して15位に入りました。まだいけるという感触を得て、続けようと思っていました。しかし当時、体操クラブの選手兼監督をやっていたのですが、コーチ登録で選手は続けられないという決まりがあり、やむなく引退しました。

石黒　私は、スポーツ選手は余力を残してやめるより、どちらかというと完全燃焼した選手の方が人間らしくて好きですね。相撲の大関魁皇は「負けても悔しさがなくなった」というほどまで土俵の上で燃え尽きて、1047勝の最多勝に輝いての清々しい引退でした。

塚原　私のスポーツ観は異色かもしれませんね。「月面宙返り」に挑戦したのは、金メダルを取るためではなかった。子どもの頃、逆上がりや蹴上がりできたと喜んでいるのと同じ感覚です。人のできないことをやろうと一生懸命にやって、たまたま金メダルになった。もっとずっと選手をやりたかったし、スポーツ選手には引退なんかありません。体を絞ってもう一回復帰したいくらいです。

石黒　現役復帰したテニスのクルム・伊達公子選手の活躍ぶりなんか見ていますと、本当にテニスが好きなんだなあという気がします。超一流のアスリートの心の中にある気持ちを素直に実践しているのかなと思っています。「功を遂げ身退くは、天の道なり」、よく「引き際の美学」を語るときにいわれますが、スポーツ選手には当てはまらない。むしろ、組織の権力の座にある人にとっては、耳障りな言葉です。たしかに、団体の実力会長やカリスマ経営者になればなるほど出処進退については誰も意見できないでしょうから、自分で決めるしかない。

「慢心」と「過信」が招いた体操ニッポンの低迷、そしてアテネでの復活

石黒　ローマ・オリンピックから世界選手権を含めて10連勝した体操ニッポンは、80年代に入って長期低迷に陥ります。私も、たまたまアトランタとシドニーのオリンピックを見に行

きましたが、かつての体操ニッポンを思うと寂しい結果でした。低迷の原因はどのように捉えていますか。

塚原　「慢心」と「過信」です。20年間にわたって世界から、新しい体操の理想像は日本だと言われ、実際に作り上げました。それを次世代の育成につなげるノウハウを日本体操界が持っていなかったんです。ロシアや中国が、国を挙げて日本体操に挑みつつあるのに、さらにいいものを作ろうとしない。日本が一番だと思い込み、怠慢にも研究すらしませんでした。そして28年過ぎるわけですが。ソウル・オリンピックの頃から、体操チームの現場では危機感が起こり、いくつかのクラブでロシアや中国に学ぼうという気運が出はじめました。

石黒　それまでの日本の体操界には、ジュニアを基礎から育てる体系的な強化方法がなかったわけですか。

塚原　私が監督を務めるクラブはジュニア女子を教えていましたが、息子の直也が体操を始めるというので、男子部門を設けました。金メダルを取りたいという直也に、世界の体操を学ばせたい。でも、私には女子の指導の経験はありましたが、男子を徹底的に指導する自信はなかった。そこで中国のコーチに5年間指導を受けさせ、その後、ライバルであり親しい友人であったロシアのニコライ・アンドリアノフにコーチしてもらいました。その直也が活躍するようになり、その実績を見た日本の体操界も、世界の体操に学ぶ戦略を採用するようになりました。日本体操協会の執行部も、現会長のもと新体制になって刷新されました。そして、ジュニア時代から育てた塚原直也選手、冨田洋之選手、水鳥寿思選手、米田功選手らが活躍して、２００４年アテネ・オリンピックで団体の金メダルを獲得しました。今は、世界の進化した体操を取り入れた強化プログラムのもと、美しく正確な演技をする新しい体操ニッポンを作ろうとしています。

石黒　企業の寿命も30年といわれましたが、今ではせいぜい5、6年で浮き沈みがおこる、スピードと変化の激しい時代になりました。文明や国、あるいは団体・組織がおかしくなるのは外的要因ではなくて、本当の崩壊の原因は内部にある。矜持を欠いたリーダー、私利私欲に走る人たち、退廃した社会にあるといわれています。体操界は、協会の新体制による指導とジュニアから育った選手たちによって、アテネ・オリンピックで見事によみがえった。選手とコーチ、それと協会を含めて総入れ替えですから、まさにこの抜本的な改革は大いに見習うべきです。

塚原　アテネでの28年ぶりの金メダルは、モントリオールと同様にチームワークの勝利でした。けが人こそいなかったけれど、一人でも失敗したり、着地が動いたりしたら金メダルは取れなかった。相互信頼により支えあうチームワークのあったことを肌で感じました。

石黒　日本代表総監督として、ご子息の直也選手を擁して男子団体競技の金メダルを獲得。

今でも、スポーツ感動の名場面として紹介されていますが、これまでの道のりをかんがえると、感慨深かったでしょうね。

楽しみながら指導と努力することが、成功への近道

石黒　ジュニアの指導は、全体の底辺を広げながらレベルアップをはかることにあり、その中から体操界をリードするような資質ある選手の育成となると、逸材はどのように見出すのでしょうか。

塚原　先ずは、運動能力と身体条件となる体型、性格・気持ちを見ていきます。そのなかでもモノになる子は、ある

程度雰囲気でわかります。本当に活発か、本当におとなしいか、中途半端でなくどちらかがいい。それと、なんといっても目の輝きです。

石黒　中には遅咲きの逸材もいるでしょうから、それも指導する方としては楽しみですね。私は若手の育成はひとえに本人のやる気にあって、指導者の役割は幅広くそのための環境づくりにつきると思っています。

塚原　私たちのときは、死ぬ気でやればできるという根性論でした。一つのことをやり遂げるのに他を犠牲にしてでもという考え方で乗り越えてきました。それと、選手時代はライバルの存在が大きかったですね。羨ましいほどの美しい体の線をもった加藤沢男さん、スケール感があった笠松茂さん、体操の申し子ではと思わせた監物永三さん、それとソ連のアンドリアノフでしょうか。彼らの存在がいい意味で競い合うお互いの励みになった。彼らを見ながら自分の弱いところを克服しようと、自分で考えて必死に練習しました。

石黒　たしかに、私も仕事の面で若いころを思い起こしても、あまり手取り足取りの指導は無かった。こちらから見習う先輩を探したり、なかには反面教師にしたこともありましたが、これがむしろ自主性の大切さを教えてくれたかもしれません。

塚原　最近では、厳しいだけでは長続きさせるのは難しい。一緒に楽しみながら指導と努力をすることによって、成功への近道があると考えています。いい悪いではなく、若い人の価値観が変わって来ていますから、これからの時代にあった新しいやり方を常々考えて行く必要があると思っています。

石黒　前向きで楽しく、元気の出るお話を有難うございました。まもなくく始まるロンドン・オリンピックでの日本選手団の活躍を大いに楽しみしております。

後日の円卓にて

力強い言葉

言ったことを実現するぞ、
という力強さを感じた。
ロンドンも楽しみです。（松尾）

実力あるムードメーカーで、生粋のリーダー

一流の実力を持つムードメーカーで、
どんな組織にも必要とされる。
周囲を盛り上げ、高い目標に突き進む
生粋のリーダーでもある。（石黒）
仲間とチームワークを大事にする。
一見、個人競技の体操が、
チーム競技だと教わった。（村松）

周囲を明るく照らす

入ってこられたときのオーラがすごかった。
周囲の雰囲気が、がらりと変わった。（松尾）
そのオーラも、周囲を明るく
元気づける感じでした。（村松）
対談でも、私だけじゃなくて、
その場の人たち皆に語りかけている。（石黒）
話が受けたかどうか、ニコニコ
まわりを見回す姿が印象的。（松尾）
光男というお名前通り、
人をぱっと照らす方ですね。（内田）

体操にのめり込んで

体操にのめり込み、仕事も趣味も何もかも
体操に向かっている。幸せな方。（石黒）

豊かな表現力

お話が面白く、ストーリーを
組み立てる才能を感じた。
競技で磨かれたのかも。（内田）
起承転結のある
わかりやすさがいい。（村松）

隠し立てのない、人間らしさ

技を極め、新技開発を楽しみ、
メダルに到達した。求道者でありつつ、
素直にメダルを喜ぶ、
人間味にあふれている。（石黒）
包み隠さない、素直さ、
正直さが魅力的ですね。（村松）
楽しく対談できた。
目標数の金メダルが取れたら、
ぜひご馳走しなくては。（石黒）

好奇心への道標

『果てしなき挑戦―〝月面宙返り〟に賭けたわが青春』塚原光男著（講談社／1981年）
『熱中夫婦ここにあり！』塚原光男・塚原千恵子著（実業之日本社／1989年）

対談を終えて

7年にわたり、25人の方々と対談をさせていただいた。好奇心のおもむくままに始まった対談ではあったが、宇宙・自然・遺伝子のことから、ひいては死生観にまでひろがりを見せるとは思いもよらなかった。古くから、人間の究極の好奇心は、どの道を歩もうと「生」と「死」にたどりつくと言われている。ということは、賢者の皆さんのご協力をいただいて、この対談が真剣に取り組んだ証であり、ともかくも、ひとつの到達点に達したということになる。

先ずもって、対談の機会をいただいた賢者の皆さん方にお礼を申し上げる次第である。各位の活躍ぶりを見聞きするたびに、受けた薫陶を思い出して、新たな好奇心をかき立てているから、まさに尽きることのない好奇心という感がしている。この対談集は、多くの方々のご支援をいただいた賜物であり、とりわけ対談の企画から対談後のフォローまで、何から何までお世話になった村松文子さん、松尾佳子さん、林瑠璃子さん、内田高洋さんに、深く感謝の意を申し上げたい。

末尾になりましたが、今回の出版の機会をたまわった株式会社財界研究所、株式会社エル・ビー・エスに謝意を申し上げて、結びとする。

2012年5月

風薫る惠和の庵にて記す

石黒和義

著者紹介

石黒和義

Kazuyoshi Ishiguro

JBCCホールディングス株式会社
取締役会長
1944年愛知県生まれ。名古屋大学工学部、法学部卒業。1970年日本アイ・ビー・エム（株）に入社、1995年取締役中部システム事業部長、1999年常務取締役西日本支社長を経て、2001年に日本ビジネスコンピューター（株）代表取締役社長に就任。2006年にはJBグループに純粋持株会社制を導入、2011年代表取締役会長に就任。現在は（株）サーラコーポレーション、大連百易軟件有限公司などの社外取締役兼務。関西経済同友会IT委員会委員長、関西IT戦略会議座長などを歴任。2011年大連市外国専門家「星海友誼奨」を受賞。
著書に『12賢者と語る 和らぐ好奇心』『人・モノ・カネ・情報 やっぱり人』（日経BP企画）、『相撲錦絵発見記』（中日新聞社）『相撲錦絵蒐集譚』（西田書店）などがあり、幅広い分野にわたって行動実践とフィールドワークをおこない多方面にて活躍。

生きる。
12賢者と語る

2012年5月24日 第一刷発行

著　者	石黒和義
発行者	村田博文
発行所	株式会社財界研究所
	〒100-0014
	東京都千代田区永田町2-14-3 赤坂東急ビル11階
	tel.03-3581-6771 fax.03-3581-6777
	http://www.zaikai.jp/
編集協力・装丁	株式会社インフォバーン
印刷・製本	凸版印刷株式会社

ISBN 9784-87932-082-7
定価はカバーに印刷してあります。